고광(高光) 현대 판타지 장편소설

초판 1쇄 찍은 날 | 2018년 9월 4일
초판 1쇄 펴낸 날 | 2018년 9월 11일

지은이 | 고광(高光)
펴낸이 | 예경원

기획 | 위시북스
편집책임 | 이규재
편집 | 위시북스

펴낸곳 | 예원북스
등록번호 | 제396-2012-000132호
등록일자 | 2012. 7. 25
KFN | 제1-301호

주소 | 경기도 고양시 일산동구 호수로 646-24 위너스21Ⅱ빌딩 206A호 (우)10401
전화 | 031-819-9431 팩스 | 031-817-9432
E-mail | yewonbooks@naver.com

ⓒ고광(高光), 2018

ISBN 979-11-89450-38-0 04810
      979-11-89450-37-3 (set)

CONTENTS

프롤로그

윈스턴 처칠이 말했다.

Everyone has his day and some days last longer than others. (모두에게 전성기가 있지만 어떤 이들의 전성기는 다른 이들보다 더 길다.)

난 이 말에 심히 동감을 표하는 바이다.

지금의 난 어렸을 적과는 비교도 되지 않는 업적을 이뤄 스웨덴 스톡홀름에 초청받아 노벨 물리학상을 받았고 ICM에서 필즈상 또한 받았다.

한국에서는 일명 불세출의 천재라 불리며, 세계적으로는 동아시아의 현인이라 일컬어진다.

하지만 난 이미 늙었다. 몸 곳곳에는 검버섯이 피었고 세월의 깊이만큼이나 주름이 깊이 패어 있다.

지금에야 한여름 날의 태양보다 더한 스포트라이트를 받으며 가는 곳마다 국빈 취급을 받지만, 과거엔 아니었다.

청년 시절의 난 그저 볼품없는 과학자로 이렇다 할 후원자 한 명 구하지 못해 매번 굶주린 배를 쥐어 잡고 실험실에서 살았더랬다.

"성공이다, 성공!"

노회한 과학자 고요한이 손바닥을 치며 기뻐했다. 등이 굽은 고요한은 노안이 온 두 눈으로 컴퓨터 화면을 뚫어져라 쳐다보고 있다.

고요한의 연구실은 자택 지하실 내부에 만들어져 있었는데, 그 규모가 웬만한 대강당 못지않을 만큼 널찍했고 내부는 컴퓨터와 설비로 가득 들어차 있었다.

고요한은 자신의 눈앞에 놓인 결과물을 바라보며 흡족한 미소를 지었다.

굵은 전선이 수천 갈래로 휘어져 꽂혀 있는 기기였다. 그 위로는 알 수 없는 버튼과 문자가 가득했다.

"……드디어 만들었다, 타임머신."

아인슈타인의 상대성이론에 따르면 시간은 빛의 속도와 파장에 따라 멀어진다고 했다. 결과적으로 타임머신은 빛의 속도를 넘어 미래로는 갈 수 있지만 빛의 파장을 거꾸로 거슬러 과거로는 갈 수가 없다는 것이다.

스티븐 호킹 박사 또한 이 의견에 동조를 표했다. 만약 타임머신이 개발되었다면 미래에서 온 사람들의 흔적이 한 번쯤은 발견되었을 것이라 말하며 먼 훗날에도 타임머신은 개발되지 못할 것이라 단정했다.

"개소리들이지."

고요한은 저명한 과학자들의 어록을 비웃었다. 그가 생각하기에 아인슈타인과 스티븐 호킹의 말은 반은 맞고 반은 틀렸다.

분명 사람의 신체에 아무리 보호 장비를 착용한다고 한들 블랙홀과 맞먹는 공간의 장력을 견디기란 힘들 것이다. 아마도 곧장 납작 만두가 되어버리고 말겠지.

하지만.

"데이터는 가능하지."

고요한은 오랜 연구 끝에 사람마다 고유의 생체 주파수가 있다는 것을 알아냈다. 지문이 사람마다 다르듯이 말이다.

고요한은 현재의 기록과 모든 데이터를 섭렵해 과거의 자신에게 보낼 생각이었다. 물론 그 방대한 양을 가늠하려면 신체적으로도 알맞은 나이여야 하기에, 데이터에 제약을 걸어야만 했다.

인공적으로 만든 블랙홀 안에 방대한 데이터를 클라우드 형식으로 보관해 두고 호스트가 필요할 때마다 그 지식을 꺼내서 쓴다. 이런 식이다.

다만, 이런 행위를 하기 위해서는 아무래도 서울 전역의 전기력을 끌어모아도 에너지가 부족했다.

"그래서 구했지."

원자번호 94번의 원소 플루토늄(plutonium, Pu).

원자번호 92번의 원소 우라늄(uranium, U).

흔히 핵폭탄의 원료라고 알려진 원소들이다.

고요한이 이 원소들을 어디에 쓰려고 수년 동안 고생을 했는지, 복잡한 화학구조식과 물리 방정식을 설명할 필요는 없을 것이다.

핵폭탄급의 에너지만 안전하게 발현된다면 데이터는 분명 과거로 갈 수 있다.

"자, 한번 시작해 볼까."

고요한 인생의 역작이 탄생하려는 순간이다.

모든 준비는 끝났다. 레버를 당기는 순간 설비들이 가동을 시작할 것이다. 이로 인해 고요한의 전성기는 새로운 역사 속에서 보다 앞당겨질 것이고, 더욱 찬란해질 것이다.

"가자!"

고요한이 힘차게 기합을 넣으며 레버를 당겼다.

이윽고 설비가 돌아가는 소리가 들리며 핵 원자로가 무한한 속도로 회전하기 시작했다.

-데이터 전송지: 1987년 8월 5일 김대남(金大男) 18세.

"……응?"

인공지능의 음성에 고요한이 놀란 눈을 하며 곧장 컴퓨터 화면으로 다가갔다.

분명 자신의 주파수를 입력했건만 왜 전송지에 자신의 이름이 아닌 처음 보는 이의 이름이 떠 있는 건지, 뭔가 잘못된 게 분명했다.

하지만 이미 되돌리기에는 늦었다. 핵 원자로는 무한한 속도로 회전을 하고 종국에는 환한 빛을 발현하는 중이었다.

"안, 안 돼……!"

늙은 고요한이 손사래를 치며 이 사태를 막으려 했지만 그와 동시에 핵 원자로가 환한 빛을 내뿜으며 터져 나갔다.

- 1장 -

1987년

1980년대는 격동의 시대라고 해도 손색이 없다.

민주화 투쟁을 부르짖던 학생들과 지식인의 목소리가 하늘에 닿았고, 그 결과로 수많은 크고 작은 민주화 운동이 전국 각지에서 벌어졌다.

이상화 시인의 개벽(開闢)에 수록된 작품 한 구절을 살펴보면 첫 연, 첫 행에 '지금은 남의 땅, 빼앗긴 들에도 봄은 오는가'라는 구절이 있다. 일제강점기 시절의 민족적 울분과 저항을 노래한 시로서 현시대 군사정권에 맞선 학생들과 지식인들을 대표하는 시라고도 할 수 있다.

그리고 나, 김대남은 그러한 시대의 중심에 있었다.

대남의 집은 성북동에 위치한 덕분에 인근에 대학교가 많았는데, 그 탓에 아침저녁 할 것 없이 최루탄 가루 냄새를 맡는 일이 잦았다.

최루탄 냄새 때문에 길을 지나는 시민들은 추수철 고개 숙인 나락처럼 고개를 떨군 채 입과 코를 소매로 막고 가기에 급급했다.

새벽녘이 되어서야 아침 이슬 냄새에 최루탄 냄새가 조금은 가시는 듯했다. 현관문을 여니 어느새 도착한 조간신문이 문 앞에 곱게 누워 있다.

대남은 신문을 집어 들고는 바라봤다. 막 인쇄된 신문의 잉크 냄새가 코끝을 파고듦과 동시에 신문의 내용이 머릿속으로 빨려 들어왔다.

[1987년 6월 민주 항쟁에 굴복한 전두한 정권은 대통령 직선제 개헌과 정치 활동의 자유를 인정하기에 이르렀다.

눈꽃이 하늘을 수놓던 그해 12월, 바뀐 헌법에 따라 실시된 제13대 대통령 선거의 유력한 후보로는 집권당의 대표였던 노태후와 민주화 투쟁의 핵심 인물이었던 DJ와 YS가 있었고 朴통 군사정권의 세력이었던 JP가 있었다.

그중 민주화 투쟁의 거두였던 DJ와 YS가 단일화를 한다고 하여

세간의 관심이 기울어졌으나 결국 양김 단일화의 실패로 인해 각각 출마를 하게 되었다.

결국 민주화 표심이 엇갈리다 보니 자연스레 당선은 노태후의 승리로 끝이 났다.]

"니미럴, 내가 도대체 이걸 어떻게 알고 있는 거냐."

대남은 조간신문을 잡은 손을 놓치지 않으려 안간힘을 썼다.

"대남아, 빨리 신문 가져오거라. 아버지 기다리신다."

아침 식사 자리에서 항상 신문을 읽으시는 아버지 때문에 부엌에 계신 어머니가 성화다.

"도대체가……."

조간신문 날짜는 분명 1987年 8月 5日이라 쓰여 있었다. 신문의 일면에는 노태후가 민주정의당 총재에 취임한 사진이 대문짝만하게 실려 있다.

한데 신문을 잡자마자 머릿속으로 빨려 들어온 기억에는 매미가 울어 젖히는 여름날의 민정당 총재 당선 사실이 아닌 혹한의 날씨에 대선에서 당선이 확정된 노태후 대통령의 모습이 있었다. 무려 4개월 뒤의 미래가 보인 것이다.

"밥 먹고 어서 학교 가야지. 정신 차려, 이놈아."

조간신문을 찾으러 현관에 나간 대남이 한참을 오지 않자 어머니가 나온 것이었다.

대남은 멍을 때리다 등을 맞았지만 여전히 좀 전의 일을 잊으려야 잊을 수 없었다.

"흠, 다음 대통령은 누가 되려나."

"누가 됐든 데모 좀 줄었으면 좋겠네. 요즘 집 밖을 나다니질 못하겠어요."

식사 자리에서 아버지가 조간신문을 살펴보며 혼잣말을 하자 어머니가 부리나케 대답했다.

"민주화 진영에서 단일화를 한다고 하던데, 이번에 정말 일이 나기는 나려나 보군. 노태후도 안심을 하지는 못하겠어."

"그거 실패해요."

"뭐……?"

대남은 저도 모르게 아버지의 말에 반박을 해버렸다. 이미 머릿속을 가득 메운 기억에는 양김 단일화가 실패한다는 사실까지 들어 있었다.

"아…… 그냥 실패할 거 같아서요. 학급 반장 뽑는 것도 아니고 대통령 자리 뽑는 건데 둘 다 쉽게 양보하려 들지 않을 거 같아요."

"그래, 네 말도 일리가 있구나."

대남이 아무렇지 않게 머리를 긁적이며 말하자 아버지도 대수롭지 않은 듯 보였다.

"아들, 혹시 너도 데모 같은 거 하는 건 아니지? 대학생들뿐
만 아니라 고교생도 참여한다고 하던데 말이야. 요즘 세상이
좋아졌다고 해도 데모 잘못했다가는 끌려가기 십상이니까 절
대 그런 거 하지 마. 알았지?"

어머니는 대남이 정치에 관심을 가지자 학생운동이라도 하
는 게 아닌가 싶어 영 불안한 표정이다.

"저 그런 거 귀찮아요. 제 성격 아시잖아요."

대남의 말에도 어머니는 여간 불안한 게 아닌지 몇 번이나
신신당부했고, 그에게 약속까지 받아내고서야 아침 식사가 끝
이 날 수 있었다.

자전거를 타고 학교를 가는 내내, 대남의 머릿속에는 오늘
아침 겪은 기묘한 일밖에 생각나지 않았다.

예지력? 신통력? 환각?

초능력이라 생각하기에는 말이 되지 않고, 마지막 선택지인
환각의 일종이라고 생각하는 게 더 알맞을 듯싶다. 입시생에
게 두통은 만성병으로, 간간이 환각도 보는 학생이 있다고 하
니 자신도 그런 부류일 것이라 짐작했다.

다만.

"너무 생생하단 말이지."

너무 생생했다. 하물며 환각이라 치부하기에는 자기 자신조

차 보았던 내용들을 사실이라고 인지하고 믿고 있는 상태다. 마치 세뇌를 당한 것처럼 말이다.

"야, 대남아. 너 씨받이 봤냐?"

"뭘 받아?"

어느새 지척으로 다가온 대남의 친구 영출이 어깨를 두드리며 호들갑을 떨었다. 큰 뿔테 안경에 뻐드렁니가 인상적인 친구다. 생긴 건 영락없는 전교 일 등인데 성적은 바닥을 긴다. 또 여배우 강소연의 극렬한 팬이다.

"임건택 감독님의 작품 씨받이 말이야. 강소연 누님 나온다고 내가 꼭 보라고 했잖냐. 안 봤냐? 극장 못 뚫으면 내가 뚫어 준다니까, 새끼."

"아, 시간이 없어서. 근데 너 그 영화 강소연이 벗고 나온다고 해서 싫다고 하지 않았냐."

"이 새끼가, 예술 작품을 에로에 빗대어서 평가하면 되나. 소연 누님은 예술을 위해서 연기 혼을 불태웠을 뿐이다."

"그래, 네 눈에는 강소연 자체가 예술이겠지."

그 순간, 또다시 기억이 머릿속으로 빨려 들어왔다.

이번에는 외국이다. 형형색색의 드레스와 턱시도를 입은 외국인들이 보인다. 그리고 그 가운데 흑발의 동양인도 있다. 실물을 본 적은 없지만 낯이 익은 인물, 강소연이었다.

그녀는 단상 위에서 트로피를 들어 올린 채 눈물을 훔치고 있었다.

어느새 세상이 다시 좌우 반전되고 원래대로 돌아왔다.

"……야! 강소연이 아니라 강소연 누님이라고, 인마. 내가 몇 번을 말하냐. 우리 금쪽같은 누님한테 한 번만 더 반말했다가는 봐라."

"영출아."

대남은 의자에 걸터앉은 채 영출을 바라보며 물었다.

"혹시 강소연 외국에서 상 받을 일 있냐?"

"그걸 네가 어떻게 아냐, 너도 강소연 누님 팬이었냐? 이번에 누님 베니스 영화제에 초청됐다고 하던데. 여우 주연상 받을지도 모른다고 그러기는 하더라."

영출의 말을 듣고 나자 대남은 팔에 닭살이 올라오는 것을 느꼈다. 심상치가 않았다. 한 번이라면 환각이라고 치부할 수 있지만 두 번째다.

"아마 받을 거다."

"뭐가."

"강소연, 여우 주연상 받을 거라고."

"오, 네가 그렇게 말해주니까 고마운데. 그러니까 씨발이 꼭 봐라. 예술이다, 예술."

대남의 말에 영출은 별 시답잖게 반응했다.

대남은 학력고사를 준비하기 위해 방학에도 매번 학교를 나왔지만, 오늘만큼은 절실히 집에 빨리 돌아가고 싶었다. 정리해야 할 것이 산더미 같았기 때문이다.

오늘 겪은 두 번의 일이 진실인지 거짓인지 판단하기 위해서는 시간이 지나길 기다리는 것밖에 답이 없었지만, 머릿속에서는 이미 진실이라고 규정하고 있었다. 믿기지 않게도 말이다.

여기서 끝이 아니었다. 수업 시간 중 대남은 고개를 돌려 자신의 옆자리에 앉은 반장 도욱환을 바라봤다.

보수주의 성향이 짙은 수학 선생이 올 6월 벌어진 민주 항쟁에 관해 안 좋은 말을 하니 욱환의 표정이 좋지 않다. 그는 평소에도 학생운동과 민주주의에 대한 갈망이 큰 학생이었다.

일순 암전된 듯 갑자기 눈앞이 껌껌해졌다.

"노태후를 당선시킨 기성세대 각성하라!! 군부독재 타도하여 민주교육 쟁취하자!! 백만 학도 단결했다 군부독재 각오하라!!"

누군가가 단상 위에서 소리치고 있다.

대남도 알고 있는 장소였다. 바로 서울 명동성당 문화회관이었다.

뿌옇던 시야는 이내 컬러 TV처럼 선명해졌다.

앳된 얼굴의 학생들이 선언문을 발족 중이다. 그 숫자가 무려 기백에 달할 정도로 명동성당 앞을 가득 메웠다. 그리고 단상 위에는 대남도 익히 알고 있는 인물이 선언문을 들고 목소리를 높여 외치고 있었다.

"진리를 탐구하고 정의를 추구할 대한민국의 아들딸들은 독재의 교육 탄압과 왜곡된 역사의식 속에 길들여지고 있습니다!"

바로 반장 도욱환이었다.

12월 19일에 3백여 명의 고등학생이 노태후의 당선에 항의하는 〈서울지역고등학생연합회 명동성당 농성 선언문〉을 발표한 것이 이후 고등학생운동의 시발점이 되었고, 그 중심에는 '서울지역고등학생연합회'의 대표 도욱환이 있었다.

'그런데 내가 이런 거까지 어떻게 알고 있는 거지……?'

거기까지 생각이 미치자 이내 세상이 다시 원래대로 돌아왔다.

조금 전까지 단상 위에서 목청이 터져라 선언문을 외치던 도욱환은 옆자리에서 아무 일도 없다는 듯 깜지에 수학 문제를 풀고 있다.

"아, 진짜 돌아버리겠네."

"니 지금 머라캣노!"

대남의 혼잣말에 수학 선생이 분필을 집어 던지며 언성을 높였다.

아뿔싸, 호랑이 수학 선생의 시간에 한눈을 팔아버렸다. 더욱이 수학 선생이 낸 문제 때문에 좌중이 고요한 상태였다. 뻐드렁니를 한 영출이 놀란 토끼 눈을 하며 뒤돌아서 날 봤다.

'나도 안다. 나, 좆 된 거.'

뒷이야기는 안 봐도 뻔하다.

"김대남이, 퍼뜩 안 나오나."

불호령에 대남은 어쩔 수 없이 교단으로 걸어 나갔다. 대남을 바라보는 친구들의 표정이 가관이다. 마치 도축장에 끌려가는 소를 보는 느낌이랄까.

호랑이 선생은 손가락으로 칠판을 두드렸다. 칠판에는 기하학적으로 생긴 문자들이 가득하다.

아, 피타고라스부터 가우스까지 수학자들이 전부 싫어진다. 제일 싫은 건 지금 눈앞에 있는 호랑이 선생이고.

"빨리 풀어봐라, 자신 있으니까 수업 시간에 지랄한 거제. 김대남이 만약에 한 문제라도 못 풀면 대차게 맞을 줄 알고."

호랑이 선생의 말에 대남은 분필을 집어 들고는 칠판 앞에 섰다.

흰색은 문자요, 남색은 칠판이요.

이제 한 몇 분간 고민하는 척하다가 분필을 내려놓고는 맞을 차례다. 그런데 그 순간, 머릿속으로 또 다른 기억들이 물밀 듯이 밀려 들어왔다.

   호랑이 선생은 대남이 한참을 칠판 앞에서 멍하니 서 있자 이놈이 꼼수를 부리는가 싶어 다시 언성을 높이려 했다. 하지만 그 순간, 분필을 잡은 대남의 손이 칠판 위를 춤추듯 빠르게 휘저었다.

   과정의 연결은 기본이요, 군더더기 없는 풀이와 정확한 해답은 호랑이 선생의 두 눈을 의심케 하기에 충분했다.

   "너, 김대남이. 언제 이렇게 실력이 늘었냐……"

   뒷말을 잇지 못할 정도로 완벽한 풀이였다. 분명 요행으로 풀 수 있는 문제의 수준이 아니었건만, 대남은 칠판 위에 적힌 다섯 가지의 문제를 손쉽게 풀어냈다.

   "그냥 공부 열심히 했어요."

   "그, 그래. 들어가 봐라."

   대남은 호랑이 선생에게 묵례를 하고 본래 자리로 돌아갔다. 영출이 믿지 못하겠다는 듯이 뿔테 안경을 매만지며 대남을 빤히 바라봤다.

   '어떻게 된 거야.'

   영출은 입모양으로 뒷자리에 앉은 대남에게 물었지만, 대남은 어깨를 으쓱해 보일 뿐 대답할 방법이 없었다.

'나도 모르겠다.'

분명 처음에는 칠판에 적힌 수학 문제를 풀 수가 없었다. 하지만 분필을 잡고 얼마 지나지 않아 머릿속으로 기억이 빨려 들어왔다.

한데 지난번처럼 미래의 기억은 아니었다. 이번에는 문제의 해답이 빨려 들어온 것이다. 긴가민가하면서 칠판에 답을 끄적였는데 호랑이 선생의 넋 나간 표정을 보고는 깨달았다.

'진짜다, 이 능력.'

학교가 파하고 집으로 돌아온 대남은 책가방을 집어 던지고는 곧장 이 신기한 '초능력'에 관해 골똘히 고민을 거듭했다.

미래 예지라고 치기에는 수학 시간에 겪었던 일이 이해가 되지 않았다. 순간이었지만 대남은 고명한 수학자가 된 듯한 느낌이었다.

대남의 고민은 어머니가 부엌에서 부르는 소리에 깨어졌다.

"대남아, 저녁 먹어라."

저녁 식사 시간이 되어 부엌으로 향했지만 아버지는 보이지 않았다.

"아버지는 오늘 늦으세요?"

"아무래도 회사 일 때문에 바쁘신가 보구나. 곧 있으면 대선이랑 올림픽이잖니."

"아, 서울올림픽."

아버지는 금양출판이라는 출판사를 하시는데, 대선과 올림픽을 앞에 두고 출판 정책이 바뀐다는 말이 있어서 요즘 눈코 뜰 새 없이 바쁘다고 했다. 그나저나 정말 올림픽이 코앞으로 다가오기는 했다.

"여보, 나왔어."

"아버지 오셨나 보다. 생각보다 빨리 퇴근하셨네요. 식사 방금 막 차렸어요. 발 씻고 와서 얼른 한술 떠요."

아버지는 시장하신지 얼른 손과 발을 씻으시고는 곧장 식탁에 앉으셨다.

"요즘 금서들이 풀린다는 소문에 정신이 없네, 없어."

아버지의 말마따나 6월 민주 항쟁을 기점으로 점점 금서들의 제한이 풀려가고 있는 시점이었다.

출판사에서 일을 하시는 아버지 덕분에 출판업계의 상황을 속속들이 알다시피 했는데, 유신 정권 시절부터 오공에 이르기까지 출판 탄압은 수없이도 많이 자행되어 왔다.

1980년대 중반까지는 월북 작가 정지용, 백석, 이태준, 임화 등의 작품은 배울 수도 없었고 출간도 불가했다. 하물며 아기 공룡 둘리마저도 불량 만화로 채택되어 금서가 될 뻔했다.

그런데 민주화 운동에다가 88올림픽까지 다가오니 정부에서 향수, 복덕방, 우리 오빠의 화로 등 여러 금서 작품을 해금

한다는 소문이 들려왔다. 그러니 출판사들은 자연히 바빠질 수밖에 없었다.

"아버지, 해금된다는 작품이 많은가 보네요."

"소문만 그럴 뿐이지, 또 몰라. 정권 바뀌고 나면 어떻게 될지. 판금 도서 종용제가 사라진다는 말이 있기는 하다만 한편에서는 정권 바뀌면 판매 금지 도서가 더 늘어나지 않을까 싶다는 말도 있으니. 정말 검열 권력이 따로 없어. 쯧쯔."

아버지는 마른 입술을 쓸며 반주를 들이켰다.

대남은 아버지의 빈 술잔에 소주를 따라 드리며 되물었다.

"눈여겨보는 신인 작가는 있으세요?"

"문인은 많은데, 크게 눈에 띄는 이렇다 할 신인은 없구나. 인간시장의 저자 김홍림 작가 같은 문인 한 명 내 손으로 발굴하면 참 좋을 텐데 말이야. 아니면 도종환 시인의 접시꽃 당신 같은 작품도 좋고 말이지."

아버지가 말씀하시는 작품들은 다 대남이 보았던 베스트셀러 도서들이다.

대남은 성적이 좋은 편은 아니었지만 국어 실력 하나만큼은 또래 아이들보다 월등히 뛰어났는데, 그 이유는 아마도 어려서부터 아버지의 영향을 받아 여러 장르의 도서를 다독(多讀)해서일 것이다.

"동인일보에서는 무슨 별다른 말 없어요?"

"신춘문예 작품 공모 기일이 아직 안 돼서 신문사에서 받은 작품도 몇 개 없어. 편집장 말로는 그중에서 크게 눈에 띌 만한 건 없다더라."

"그렇군요……."

"새끼, 기운 빠지는 건 이 애비인데 아들 녀석이 왜 말꼬리를 흐려."

대남은 아버지의 말에 멋쩍게 웃어 보이며 반찬을 입안으로 집어넣었다.

출판사에서 일을 하시는 아버지가 얼마나 힘들게 사시는지, 얼마나 어깨에 무거운 짐을 짊어지고 사시는지 대남은 뻔히 알고 있다.

현재 대한민국에서 문학작품과 관련된 일을 하기란 여간 쉬운 게 아니다. 보도 지침이라 하여 언론을 통제하고 당근과 채찍을 통해 길들이기를 했던 시대이니만큼 출판업계는 그야말로 불모지나 다름없다.

아버지야 조부께서 남겨주신 재산이 있어서 그나마 생계가 유지되는 편이지 돈이 없는 출판사 직원은 삼시 세끼 중 한 끼는 손가락 빨고 사는 그런 시대다.

검열의 시대, 출판사 직원들 사이에서 하는 말이다. 유신 정권 시절부터 오공에 이르기까지 수많은 검열과 출판 탄압은 상상을 초월했고, 몇몇 책은 입에 담는 것만으로도 큰 경을 치를 일이었다. 마치 도둑이 제 발 저리는 것처럼, 그들은 진보적인 사상 자체를 싫어하고 기피했다.

한마디로 표현의 자유가 완전히 무너진 시대라 할 수 있다. 대남이 현재 살고 있는 시기는.

"여보, 혹시 내년에도 잘 안 풀리면 우리 이제 출판업은 접고……."

"그만."

아버지가 수저를 내려놓으며 단호하게 말을 했다.

"출판사는 아버지가 물려주신 거야. 내 대에서 부흥시키기로 했으니 끝까지 가지고 가야지. 금양출판사의 저력을 믿어봐."

"아니, 아버님 대에도 적자를 면치 못했고 지금도 시원찮은데……. 결국 재산 까먹기 싸움 아니에요. 이렇게 계속 벌이 없이 직원들 월급만 주다 보면 아버님이 남겨주신 재산 다 까먹게 생겼어요."

어머니도 어머니 나름대로 걱정이 많은 듯싶었다. 애초에 어머니는 아버지가 할아버지의 출판사를 맡아 운영하는 것을 적잖이 싫어했다.

지금 시대에 출판업이 돈이 되지 않는 힘든 장사인 것을 알기에, 차라리 할아버지가 돌아가시면서 남긴 재산을 은행에 예금하는 편이 더 돈을 버는 것이라고 말할 수 있을 정도였다.

더군다나 하나밖에 없는 아들까지 아비의 출판업에 관심이 많으니 속이 타들어 가는 것은 당연했다.

"하, 그 이야기는 안 하기로 했잖아."

아버지는 골치가 아픈 듯 미간을 찌푸리며 연거푸 소주를 들이켰다. 대남은 아버지가 자작을 하시는 모습에 술병을 들어 자신이 따랐다. 그리고 소주를 따름과 동시에 기억이 파도처럼 스며들어 왔다.

조금 전까지만 해도 식탁에서 소주를 따르고 있던 대남의 손에 신문이 들려 있다. 대남은 거실에 앉아 신문을 읽고 있는데, 그 모습이 좀 전과 별반 다름없다. 다만 신문 상단에 적힌 날짜가 1988年 12月 27日을 가리키고 있었다. 일 년 뒤의 세상인 것이다.

신문을 바라보던 대남의 시선이 향한 곳은 다름 아닌 독서 코너이다. 당월에 출간된 책들뿐만 아니라 금년 베스트셀러의 작가의 이름이 실려 있다.

[〈고난의 시대〉, 김동율 저]

"그 책 정말로 재밌던데 말이야."

어느새 신문을 읽는 대남의 곁으로 다가온 아버지가 말했다.

아버지는 고난의 시대라는 책 제목을 보며 안타까운 듯 계속해서 말을 이었다.

"인간시장 이후로 이렇게 대박을 칠 작품이 또 나타날 줄이야. 이번에 또 증쇄 들어갔다고 하더구나. 도대체 이번이 몇 차째인지. 그걸 맡은 출판사는 완전 노난 거지, 노났어."

"아버지 출판사에서는 김동율 작가 만난 적 없었어요?"

미래의 대남의 입이 저절로 움직였다.

"그게 말이다, 초고 때는 그렇게 잘 나온 작품이 아니었는데 말이지. 하⋯⋯."

아버지의 깊은 한숨을 끝으로 세상은 다시 좌우 반전되었다.

"⋯⋯대남아, 소주 넘친다!"

소주잔은 어느새 범람하고 있었다. 그 탓에 초록 병에 담긴 두꺼비 소주가 금세 바닥을 드러냈다.

대남은 서둘러 소주병을 수습하며 아버지를 바라봤다.

아버지는 대남이 갑자기 소주를 잔이 넘치도록 한가득 따라 버리는 바람에 젖어버린 손을 휴지로 닦고 있었다. 그 모습을 바라보던 대남이 아버지를 향해 소리쳤다.

"아버지!"

"이놈이 갑자기 왜 소리를 치고 그래!"

소주잔이 휘청거림과 동시에 아버지가 놀란 표정으로 대남을 바라봤다.

"······혹시 김동율이라는 작가가 출판사 찾은 적 없었어요?"

"김동율이라······ 그런 작가는 없었던 거 같은데. 왜, 아는 사람이냐?"

"아니, 한번 곰곰이 생각해 보세요. 정말 없었나, 아니면 동인일보 신춘문예 후보 명단도 생각해 보시고요."

"이놈이 갑자기 왜 이렇게 성화야."

아버지는 대남의 말에 골똘히 생각을 거듭하는가 싶더니 이내 고개를 절레절레 젓고는 그런 사람은 없었다고 했다.

'아직 금양출판사를 찾아온 것이 아닌가.'

분명 조금 전 엿보았던 미래에서 아버지는 이렇게 말을 했다. 초고 때는 그렇게 완벽한 작품이 아니었다고 말이다. 아쉬운 듯한 아버지의 말에는 분명 김동율 작가가 금양출판을 찾았던 적이 있었다는 것을 말해주고 있었다.

저녁 식사가 끝난 뒤에도 대남은 고민을 거듭할 수밖에 없었다. 여태껏 수많은 도서를 섭렵했지만 '김동율'이라는 작가의 이름은 들어본 적이 없었다. 자신이 놓친 부분이 있나 싶어 아버지에게도 김동율 작가에 대해 재차 물어봤지만 아는 게 전무하다고 했다.

그럼.

"신인이라는 건데······."

백사장에서 바늘 찾기보다 힘든 것이 초야에 묻혀 있는 문단 신인을 찾는 일이었다.

전국 팔도에서 신춘문예의 등단을 꿈꾸는 작가는 많았다. 그들은 도시뿐만 아니라 산이고 들이고, 등을 붙일 수 있는 곳이라면 그곳을 벗 삼아 글을 썼다.

하지만 상당수 문인의 작품이 빛을 보지 못하고 사그라지게 마련이었다. 검열에 걸려 출간조차 못 하는 작품들도 있는 반면, 출간을 한다고는 해도…….

산들바람처럼 이파리들을 춤추게 해주다 아무 일도 없었다는 것처럼 사라지는 작가도 많았다.

글을 써서 밥을 벌어먹고 산다는 것이 구걸을 해서 밥을 빌어먹고 사는 것과 비슷하다고 할 정도로 힘든 일이었다.

정신과 얼만으로 문단에서 펜대를 놓지 않기란 힘들었다. 지금은 표현의 자유를 억압하는 검열의 시대였으며, 이름 높은 문인들의 옥고 생활은 듣는 이로 하여금 슬픔을 자아내게 하기에 충분했다.

하루에도 수많은 문인이 나타나고 사라지는 것이 현시대 문단의 생리였다.

"어떻게 찾는담."

김동율 작가가 〈고난의 시대〉라는 작품으로 익년 베스트셀러를 장식한다는 사실은 이미 알고 있다. 다만 김동율이라는 작가를 찾는 것이 여간 힘든 일이 아니었다.

서울 바닥에 있을지, 아니면 저 땅끝 마을 해남에서 글을 쓰는 것일지 그 누구도 몰랐기 때문이다.

하다못해 책 내용이라도 읽어볼 수 있었더라면 좋으련만.

작가라면 모름지기 자신의 경험과 인생이 밑바탕이 되어 그 위에 글이라는 산을 쌓게 마련이다. 그 산이 작은 동산이 될지, 하늘과 맞닿는 산맥이 될지는 작가의 역량이고 말이다.

분명, 김동율 작가의 〈고난의 시대〉는 하늘과 맞닿는 산맥이 되었다.

"갑자기 이름도 없는 신인이 나타난 것일 수도 있지만, 기존 문하생일 가능성도 없지는 않지."

1974년 국내 문단을 대표했던 30인이 모여 검열 권력에 맞서 유신헌법의 철폐와 문인들의 석방을 요구하는 시위를 벌였다.

이듬해 고은, 박두진, 신경림, 염무웅 등의 국내 문인 101인이 서명한 자유실천 문인협의회 101인의 선언이 세상에 발표되었다.

101인의 선언을 발표한 뒤 거리로 나오려던 고은, 조해일, 윤흥길 등 7인의 작가가 경찰에 연행되었지만 언론·출판·집회·결사·자유의 보장을 부르짖는 그들의 운동은 멈추지 않고 오히려 가속되었다.

엄혹한 현실 속에서 문인 101인의 선언은 민주화 운동의 역사에 큰 획을 긋는 역할을 했고 이듬해 165인의 선언, 민족문학의 밤, 구속 문인들을 위한 밤 등의 활동을 전개하며 정부와 대립각을 세웠다.

결국 1987년 6월 항쟁을 이후로 기존의 자유실천 문인협의회는 민족문화 작가협회로 확대 개편되었다.

"만약 김동율 작가가 현재 문하생이라면 분명 민족문화 작가협회에 등록된 문인 중 한 명의 문하생으로 있을 확률이 크다. 그런데 도대체 내가 이런 문단 의회의 역사까지 어떻게 알고 있는 거지……."

대남이 평소 출판업을 하시는 아버지를 따라 문단에 관심이 많았던 것은 사실이지만 선언문이 발족되었던 1974년은 대남이 5살 때의 일이다. 한데 마치 눈앞에서 벌어졌던 일만큼이나 속속들이 기억이 났다.

"이것도 초능력의 영향인가."

그것이 아니면 설명이 되지 않았다.

다음 날 대남은 학교가 끝이 나자마자 곧장 세종로로 향했다.

세종로 비각 뒤편에 자리한 자그마한 건물은 민족문화 작가협회의 사무실이 있는 곳이었다. 원래 알고 있지는 않았지만 민족문화 작가협회의 건물이 어디 있는지 고민을 거듭하니 건물의 위치가 머릿속에 자연스레 떠올랐다.

"정말 귀신이 곡할 노릇이군."

요 며칠 동안 초능력의 정체를 파악하려고 안간힘을 썼지만 알아낸 정보는 미흡하기 그지없었다. 그저 자신이 필요할 때 미래를 단편적으로 보여주거나 완성된 정보들을 기억의 형태로 머릿속에 집어넣는다는 사실이다.

건물 계단을 올라가던 대남은 일단 '김동율 작가'를 찾는 일이 급선무라고 생각했다. 만약 그가 금양출판이 아닌 다른 출판사에서 고난의 시대를 출간하게 된다면 여태까지의 고생이 허사가 되는 일이었기 때문이다. 보다 빨리 작가를 찾는 것이 중요했다.

이윽고 '민족문화 작가협회'라 현판이 쓰인 사무실 앞에 도착한 대남은 긴장이 되는지 숨을 크게 들이켰다.

"저어, 안녕하세요."

대남이 사무실의 문을 열고 들어갔지만 반겨주는 이는 없었다.

사무실 안은 창문을 통해 햇살이 스며들어 고즈넉한 분위기를 자아내고 있었지만, 사람들은 각자 책상에 앉아 펜촉을 굴릴 뿐 서로에게 관심이 없는 듯 냉랭했다.

얼마나 시간이 지났을까. 대남이 참다못해 기침 소리를 크게 한 번 내고 나서야 출입구에서 가장 가까이에 앉아 있던 작가 한 명이 눈을 게슴츠레 뜨고는 대남을 바라봤다.

"어떻게 오셨습니까."

그는 대남의 행색을 아래위로 훑어보았다. 혹시나 사복 경찰이 아닐까 싶어서였다. 하지만 대남의 얼굴을 보고는 한숨을 푹 내쉬었다.

여드름이 송송 난 까까머리의 대남은 누가 봐도 영락없는 사춘기의 고등학생이었다.

"왜 왔니."

"그게 문하생……."

"에휴, 혹시 지금 작가님들 중에 문하생 뽑는 작가님 있습니까?"

눈을 게슴츠레하게 뜬 작가가 대남의 말을 잘라 버리고는 고개를 뒤로 젖혀 다른 작가들에게 물었다. 하지만 들려오는 대답은 없었다.

"봐라, 지금 작가님들 아무도 문하생을 뽑지 않는다고 하는구나. 그러니 얼른 돌아가 봐."

문하생을 지원하는 학생들이 하루에도 몇 번이나 사무실 문을 열어젖히고 들어오는지 그의 미간은 약간 찌푸려져 있었다.

아마도 글의 영감이 떠오르는 것을 대남이 방해했다고 생각하고 있겠지.

"저, 그게 아니라 문하생 명단을 혹시 볼 수 있을까 싶어서요."

대남이 말을 했지만 그는 이미 펜촉을 굴리며 원고지를 뚫어져라 바라보고 있었다. 이미 그의 눈에 대남은 투명인간이 된 듯싶었다.

"혹시 문하생 명단을 좀……."

"아, 거참 시끄럽네!"

대남이 재차 묻자 이번에는 뒤쪽에 앉아 있던 작가 한 명이 책상을 손바닥으로 쿵 치며 말했다.

'여간 까다로운 인간들이 아니군.'

작가들이 집필 활동을 할 때는 예민하고 까칠하다는 이야기를 아버지를 통해 들어서 익히 알고는 있었지만 이 정도 일 줄은 몰랐다.

"그런 잡일은 직원한테 물어봐!"

"직원이요?"

"나 참, 이 녀석은 도대체 어디 갔어."

대남의 말에 작가는 한껏 신경질이 돋은 표정을 한 채 소리쳤다.

"김동율! 김동율이 어디 갔어!"

'김동율?'

작가의 불호령에 뒤이어 대답이 들려왔다. 힘없는 목소리였다.

"⋯⋯죄, 죄송합니다. 배가 너무 아파서 화장실에 있는다는 게 그만 너무 오래 있었네요⋯⋯."

이윽고 사무실 한편에 자리한 화장실의 문이 활짝 열리더니 곧장 그 안에서 남자 한 명이 뛰쳐나왔다.

색이 바랜 누런 셔츠에 해진 코르덴 바지를 입은 엉성하기 짝이 없는 남자였다. 안경테마저도 그 엉성함을 더해주듯이 한쪽 다리가 부러진 것을 테이프로 급히 수습한 상태였다. 아마도 저 남자가 작가가 그토록 부르짖는 직원일 테지만.

이미 대남의 머릿속은 그가 협회의 직원이라는 사실보다 그의 이름 석 자에 집중하고 있었다.

'김. 동. 율.'

드디어 찾았다.

- 2장 -
황금의 혜안

1987년 6월 항쟁의 목표는 민주주의 쟁취였다. 그 결과로 6월 항쟁 직후 시국 사건 관련 수감자 중 357명이 석방되고 DJ 등 2,335명이 사면 복권되었다.

또한 6·29선언이 나온 직후부터 전 국민적 관심은 대선에 쏠렸다. 이로 인해 다른 정치권의 사사로운 문제들조차 대선이라는 거대한 블랙홀 앞에 흡수되게 마련이었다.

당시 출판업계, 특히 국내 문단에 몸을 담고 있는 자라면 다가오는 대선에 관심을 두지 않을 수 없었다.

'금서를 해제하고 출판 탄압을 없애 문인들의 자유로움을 보장한다'라는 정치권의 말이 작가들 사이에서 나돌았다. 출판 탄압이 더 이상 자행되지 않는 나라에서 얼마나 많은 작품이 만개하여 꽃봉오리를 피울지 문인들은 설렘과 긴장으로 하루하루를 보냈다.

결과적으로 보자면 출판 탄압은 없어졌다고 볼 수 없었지만 메마른 대지에도 꽃은 핀다고, 메말라 가던 국내 문단에 황금 같은 꽃줄기 하나가 피어올랐다.

바로 〈고난의 시대〉였다.

이듬해, 문단 신인 김동율 작가의 〈고난의 시대〉가 1981년 김홍림 작가의 〈인간시장〉에 버금갈 정도로 엄청난 센세이션을 일으키며 국내 시장에 모습을 드러냈다. 국내 문단뿐만 아니라 외신에서도 김동율 작가의 〈고난의 시대〉에 스포트라이트를 비추었다.

그만큼 대중의 관심도가 폭발적이었다. 이례적인 일이었다. 그 결과 1988년을 회상하노라면 서울올림픽과 제13대 대통령이 있기 이전에 김동율 작가가 있었다는 말이 나돌 정도였다.

훗날 연로한 김동율 작가는 한 기자와의 인터뷰에서 이렇게 말을 했다.

"김동율 선생님께서는 당시 협회의 직원으로 일을 하다 문단에 등단하신 것으로 알고 있는데요. 당시 상황은 문인들의 자유로움을 보장해 주지 않았던 시대이고, 더군다나 신인에게는 사막과 다름없는 환경이었을 텐데, 고난의 시대라는 역작을 준비하면서 어려운 점은 없었습니까."

"기자 양반, 어려운 점이야 하도 많아 열 손가락으로 꼽을 수야 있겠습니까. 당시 문단의 문턱은 아주 높았습니다. 저 같은 대학도 나오지 않은 무지렁이가 펜대를 잡고 타자기를 치는 것은 말도 되지 않는 일이었지요. 사실 고난의 시대라는 작품은 세상 밖으로 빛을 보지 못할 뻔도 했었습니다."

"그 말씀은 고난의 시대를 출간하지 않으려 했다는 말씀이십니까."

"그랬지요, 다만……."

김동율 작가는 과거를 회상하는 듯 짐짓 눈을 감아 보이고는 입가에 미소를 띠었다.

그 모습에 맞은편에 앉아 있던 기자는 잠자코 수첩과 볼펜을 잡은 두 손끝에 힘을 주며 김동율 작가의 뒷말이 이어지기를 기다렸다.

"……한 남자를 만났습니다. 제 인생을 바꾸어주었던 그날 말입니다."

이윽고 김동율 작가의 입술이 천천히 열리며 이야기가 시작되었다.

볼품없는 차림이었다. 색 바랜 셔츠에 해진 코르덴 바지. 더군다나 안경테마저 부러져 테이프로 수습한 모습이 여간 엉성하기 짝이 없었다.

사무실에서 집필 활동을 하던 작가의 따가운 눈초리에 김동율은 진땀을 뻘뻘 흘리며 대남을 잡아끌다시피 해서 사무실 문밖으로 데리고 나왔다.

"학생, 이곳에 오면 안 돼. 문하생은 협회에서 따로 관리를 하지 않아. 그리고 지금 작가님들 집필 활동 시간이라서 신경을 거슬리게 하면 안 돼……."

"작가님들이 보통 사무실에서 글을 쓰시나요?"

"그건 작가님들마다 대개 다르지만, 영감을 찾기 위해서는 사무실이든 들판에서든, 어디에서든 글을 쓰시는 분들이셔. 그러니까 방해하지 말고 얼른 집에 가 봐. 너 빨리 안 가면 나 혼나."

동율은 대남이 우두커니 서 있자 여간 초조한 게 아닌지 입술을 질끈 깨물고는 대남의 등을 떠밀었다.

대남은 떠밀림에 못 이기는 척하며 뒤돌아섰다. 어차피 지금 당장 김동율에게 다가가 '글을 쓰고 있는 게 있냐?'라고 물으면 오히려 이상한 놈 취급당할 게 뻔했기 때문이다.

더군다나 어수룩하게 생긴 협회 직원이 자신이 찾고 있는 〈고난의 시대〉 저자 김동율이 아닐 가능성도 배제할 수는 없었다.

자전거를 타고 집으로 돌아오는 길에 곰곰이 생각을 해보니.

"어차피 김동율 작가는 금양출판을 찾는다."

앞으로 벌어질 미래에서 보자면, 김동율 작가는 금양출판사를 찾았다. 비록 아버지에게 작품을 반려당하고 말지만.

그렇다면……

"반려를 당하지 않게 아버지한테 미리 말을 해놓으면 되겠군."

결심을 굳힌 대남이 세종로를 찾았을 때보다 더욱 빠르게 자전거 페달을 밟았다.

"뭐? 김동율?"

저녁 식사 자리에서 대남이 지난번과 같이 김동율이라는 사람의 이름을 입에 올리자 아버지의 표정이 의문으로 가득 찼다.

"네, 아버지. 요즘 고교생들 사이에서 소문난 신인 작가인데, 필력이 장난이 아니라고 하더라고요. 혹여나 초고 작품이 엉성하기는 해도 그건 신인이라서 그런 거니 눈여겨봐 주세요. 초고 때는 완성되지 않았을지 몰라도 퇴고를 거치다 보면 진주가 될지 누가 알겠어요."

"흠, 그거야 내가 작품을 보면 아는 거고. 그나저나 요즘 대남이 너, 출판에 관심이 많다?"

아버지의 말에 옆에서 귀를 기울이던 어머니가 사색이 된 표정으로 말했다.

"아들, 너는 출판사 맡으면 안 되는 거 알지? 공부에만 집중해. 네 나이 때는 공부가 제일이야. 다른 데에다 한눈팔지 말고!"

"크흠."

"알았어요."

어머니의 말에 아버지는 심기가 불편한 듯 헛기침을 했지만, 어머니 또한 물러날 기세가 아니다. 그도 그럴 것이 아버지가 요 몇 달 새 도통 집에 봉투 한 번 가져오는 걸 못 보았으니 어머니의 속은 이미 먹구름이 끼었을 테지.

"아버지, 김동율이라는 작가 꼭 기억하세요. 알았죠?"

"알았다, 이놈아."

대남이 재차 말을 거듭하자 아버지는 귀찮다는 듯 손사래를 치며 소주잔을 입안으로 털어 넣었다. 그 모습이 사뭇 불안하기는 했으나 나이 어린 아들의 말이라고 흘려듣는 아버지가 아니었기에 대남은 안심했다.

그 뒤로 한 주 동안은 평온한 하루를 보내었다.

이상한 건 '초능력'이 더 이상 발현되지 않는다는 것이다. 우후죽순처럼 터져 나오던 능력이 종적을 감춘 듯 사라졌지만 불안하지는 않았다. 오히려 이 모든 과정이 일련의 '적응 기간'이라고 이미 머릿속에서는 정의를 내린 상태였다.

'정신병에라도 걸린 건가.'

최면술, 세뇌, 정신병 온갖 단어가 머릿속을 휘저었다. 그만큼 이미 대남은 '초능력'에 관해서는 자신조차도 믿지 못할 정도로 절대적인 신뢰를 하고 있는 상태였다. 마치 신앙심처럼 말이다.

다만 뭔가 모르게 느낌이 좋지 않았다. 초능력과는 관련이 없는 일종의 '촉'이었다.

그리고 그 촉은 현실이 되어 찾아왔다.

8월 16일 토요일, 모처럼 맞는 주말.

가족끼리 거실에 앉아 선풍기와 농익은 수박을 벗 삼아 폭염을 피하고 있었다.

대남이 선홍빛으로 물든 수박 한 조각을 집어 들어 한 움큼 베어 물 즈음, 불현듯 아버지가 머리를 긁적이며 말했다.

"아, 맞다. 대남아, 지난번에 네가 말한 김동율 말이다. 그 신인 작가."

대남은 입안을 가득 메운 수박 때문에 말을 할 수 없어 격

렬히 고개를 끄덕이는 것으로 대답을 대신했다.

"그 사람이 뭐 고난의 시대인가 뭔가 하는 작품 하나 들고 왔기는 하던데 말이다. 읽어봤는데 도통 시장에서 반응이 좋지 않을 거 같더구나. 더군다나 작품의 정체성조차도 확립하지 못한 초짜고 말이다. 그래서 그냥 좋게 타일러서 보냈다. 아들놈 말 듣고 유망한 신인 작가라기에 두세 번 읽어봤는데 못할 짓이더라. 도대체 그런 허무맹랑한 소문은 어디서 들은 거냐."

푸우웁-!

아버지의 말에 대남은 입 밖으로 수박을 뿜어냈다. 그 모습에 어머니가 화들짝 놀랐고 아버지는 수박씨와 과즙을 얼굴에 정통으로 맞은 채 얼떨떨해했다.

"……아니, 아버지! 내가 진짜 그 작가 잡아두라……."

입안을 게워낸 대남이 곧장 아버지에게 소리쳤지만 끝까지 말을 이을 순 없었다. 언성을 높이는 대남의 모습에 아버지의 얼굴이 붉으락푸르락해졌고 그와 동시에 대남의 눈앞이 껌껌해졌다.

이윽고 파도처럼 기억이 밀려 들어왔다.

'여긴 어디지……?'

좀 전까지 아버지의 얼굴에 수박을 뱉고 언성을 높였던 대남은 갑작스럽게 바뀐 주변 풍경에 어안이 벙벙했지만 이내 '초능력'이 발현됐다는 사실을 깨달았다.

대남이 바라보고 있는 시야에 비친 곳은 아주 고급스러워 보이는 서재였다. 편백 나무로 된 책장에 수천 권의 책이 가득 들어찬 이곳은 웬만한 도서관에 비견해도 손색이 없을 정도다.

커다란 창문 너머로 햇살이 가득 들어오는 자리에 한 노인과 젊은 남자가 테이블을 사이에 두고 마주 보고 앉아 있다.

"선생님의 인생이 바뀌었던 그날이 정확하게 언제인지 여쭤봐도 되겠습니까."

젊은 남자의 말에 노인은 천천히 고개를 끄덕이며 입을 열었다.

"……내가 그날을 어찌 잊을 수 있겠습니까. 1987년 8월 16일. 난 바로 그날 그 남자를 다시 만났습니다."

"다시라는 말씀은, 첫 만남이 아니었다는 말인가요……?"

"처음에는 그저 평범한 학생인 줄로만 알았습니다. 두 번째 만났을 때야 깨달았지요."

노인은 테이블 위에 놓은 찻잔을 들어 입을 축인 다음 먼 곳을 응시했다.

"……그 남자가 내 생을 바꿀 귀인이라는 것을."

그 말을 끝으로 노인의 얼굴이 햇빛에 완연히 드러났다. 대남은 노인의 얼굴을 보자마자 화들짝 놀랄 수밖에 없었다.

세월이 흘러 머리가 희끗희끗해지고 검버섯과 주름이 얼굴을 수놓았지만 분명 민족문화 작가협회의 직원, 김동율이었다.

"……대남이, 너 이놈의 자식! 갑자기 애비 얼굴에 수박을 뻗어내고……!"

"아버지!"

대남은 아버지의 화난 모습에 아랑곳하지 않고 목소리를 높였다. 갑작스러운 대남의 큰 목소리에 아버지뿐만 아니라 어머니까지 놀란 모습이다.

"그 작가 어디 갔어요!"

"누구 말……."

"김동율 말이에요! 김동율!"

"그걸 내가 어떻게 아냐. 그 작가 원고 반려한 거는 그저께였는데 지금쯤 다른 출판사라도 찾아갔겠지. 그나저나 이놈의 자식이 지금 뭐 잘한 게 있다고 목소리를 높……!"

대남은 아버지의 말이 끝나기도 전에 자리를 박차고 일어났다. 그 모습이 사뭇 비밀리에 고종 황제를 만나러 가는 칙사의 모습만큼이나 비장해 아버지와 어머니는 꿀 먹은 벙어리처럼 멀어지는 대남의 뒷모습을 바라만 볼 수밖에 없었다.

대남은 자전거 페달을 있는 힘껏 밟았다. 김동율 작가가 있을 곳이라면 뻔했기 때문이다.

세종로 비각 뒤편에 자리한 민족문화 작가협회의 사무실, 바로 그곳에 있을 게 뻔했다.

서둘러 도착한 대남이 숨을 몰아쉬고는 사무실 문을 열어 젖히려는 찰나, 먼저 문이 열렸다.

"또 너냐."

지난번과 같이 게슴츠레하게 눈을 뜬 작가가 빈 담뱃갑을 손에 말아 쥔 채 나오고 있었다. 아무래도 담배를 사러 나가는 찰나에 대남과 마주친 것 같았다.

그는 대남을 훑어보고는 질린다는 표정으로 고개를 저었다.

"문하생 안 받는다니까, 고집 그만 부려라."

"저도 문하생 할 생각 없어요. 한데 김동율 씨 오늘 나왔나요?"

"……누구?"

"사무실에서 일하는 김동율 씨 말이에요. 그 부러진 안경 쓰시는."

대남을 지나쳐 내려가던 작가는 '부러진 안경'이라는 말에 그제야 생각이 난 듯 고개를 뒤로 돌리고는 말했다.

"아아, 그 친구. 그 친구 그만뒀어. 고향 내려간다던데."

"고, 고향이 어딘데요?"

"그걸 내가 어찌 아냐."

허망한 뒷말이 들려오자 대남은 자리에 무너지듯 주저앉았다.

아버지의 출판사를 다시 일으켜 세울 수 있는 절호의 기회라고 생각했건만, 이렇게도 허망하게 흘러가는 것인가.

그 순간, 불현듯 세상이 암전되었다.

"선생님, 그럼 8월 16일 날 그 귀인이라는 분을 만나셨다는 말씀이신데 구체적인 장소를 여쭤봐도 되겠습니까. 아무래도 흥미진진할 거 같은데 말이죠."

"흥미진진이라……. 사실 그 무렵의 난 모든 것을 포기하고 싶은 마음이 가득했습니다. 셰익스피어의 인생은 멀리서 보면 희극이요, 가까이서 보면 비극이라는 말처럼 그 시절의 난 비극으로 가득 들어찬 삶을 살고 있었지요."

"선생님께서 말입니까? 지금의 모습으로는 도저히 상상이 되지 않는데 말이죠."

"기자 양반, 그 시절의 난 준비했던 원고를 반려당하고 직장에서도 어수룩하게 일을 한다고 쫓겨나다시피 한 상태였으니 앞날이 갱도 막장만큼이나 어두웠습니다. 고향에 돌아가고자 마음을 먹었었지만 섣불리 돌아가지도 못하겠더군요. 고향에서 노점상을 하시는 홀어머니를 생각하니 말이죠."

노회한 김동율은 고개를 주억거렸다. 과거를 회상하는 듯한 그의 고갯짓에 기자는 잠자코 뒷말이 이어지길 기다렸다.

"기자 양반. 8월 16일, 서울에서 무슨 일이 벌어졌는지 아십니까."

"음, 아무래도 광복절 다음 날이었으니…… 사실 잘 모르겠습니다."

"모르는 게 당연합니다. 그 시절을 살지 않았더라면 경험하지 못했을 일이니까요. 당시 전국의 대학생들이 전국대학생대표자협의회를 결성하기 위해서 주말을 맞이해 연세대로 모여들고 있었습니다. 그리고 전국 각지에서 몰려든 대학생들에 의해 터미널에서부터 학생운동이 벌어졌지요. 그날 고향으로 향하기 위해 서울 고속버스 터미널을 찾았던 전, 그곳에서 어쩌다 보니 학생운동에 휘말리고 말았습니다. 경찰들은 대학생처럼 보이는 젊은 남녀를 무차별적으로 잡아들였고 당시 그 자리에 있던 저 또한 자칫했다가는 경찰에 연행되어 철창신세를 질 뻔했습니다. 사실 그 남자가 아니었다면 그날 하루는 꼴딱 구치소에서 보냈어야 했지요."

"그렇담, 그분을 다시 만난 곳이 바로……."

"서울 고속버스 터미널이었습니다."

일순 시야가 뒤흔들리더니 다시 원래 세상으로 돌아왔다.

대남은 또다시 겪은 초능력에 참았던 숨을 토해내며 곧장 자리에서 일어났다.

용수철 튕기듯 자리에서 일어난 대남이 향할 곳은 단 한 곳밖에 없었다. 바로 미래에서 엿본 노회한 김동율이 말한 '서울 고속버스 터미널'.

대남이 쏜살같이 사무실 계단을 내려가는 통에 게슴츠레하게 눈을 뜬 작가가 놀라며 옆으로 넘어졌지만 대남은 거기까지 신경 쓸 겨를이 없었다.

뒤에서 고함을 치는 것 같았지만 지금 중요한 건 그게 아니었다.

"제발 늦지 않기를."

다행인 것은 고속버스 터미널까지 자전거를 이용하면 삼십 분 남짓한 거리라는 것이다.

대남은 속으로 김동율이 아직 버스에 오르지 않았기를 간절히 기도했다.

"독재 정권 타도하라!! 군사정권 물러나라!! 민중의 자유를 보장하라!!"

서울 고속버스 터미널에 가까워질수록 가두시위를 벌이는

대학생들의 목소리가 점점 크게 들려왔다. 이미 터미널 앞은 대학생들과 일반 시민들로 인산인해를 이루고 있었다.

대남은 자전거를 세워둔 채 그 장엄한 광경을 목도할 수밖에 없었다.

저곳에서 김동율 작가를 찾는 것은 백사장에서 바늘 찾기와 마찬가지다. 차라리 약간 거리를 두고 있다 김동율 작가와 비슷해 보이는 이를 찾는 것이 나은 방법이었다.

이윽고 데모 진압을 위한 경찰 버스가 차례로 도착했다. 진압봉과 방패로 무장한 경찰들이 터미널을 가득 메운 학생들과 대치를 벌였지만 그 신경전은 오래가지 않았다. 경찰의 진압봉질 한 번에 민주주의를 위해 구호를 외치던 터미널의 분위기는 반전되었다.

아수라장, 말 그대로 아수라장이 따로 없었다. 비명이 비산하고 목덜미를 잡힌 대학생들이 남녀노소 할 것 없이 끌려 나갔다.

"총각, 이게 무슨 소리람?"

대합실에 앉아 있던 김동율은 옆자리에 앉은 노인의 말에 고개를 돌렸다. 이미 터미널 안과 밖에서 두건을 맨 대학생들이 나타나 구호를 외치기 시작한 무렵이었다.

김동율은 갑작스럽게 벌어진 학생운동에 정신이 없었다.

버스 기사들조차도 운행을 중지하고 밖으로 서둘러 빠져나 가는 것이 보이자 사람들도 너 나 할 것 없이 터미널 밖으로 빠져나가기 시작했다.

동율은 도망치듯 터미널 밖으로 빠져나온다는 게 그만 사 람들 틈바구니에 치여 바닥을 몇 번이나 굴렀다.

겨우 빠져나온 터미널 밖은 이미 경찰들로 북적였다. 최루 탄 냄새와 사람들의 비명이 뒤섞여 그야말로 전쟁터나 다름없 었다.

동율은 우악스러운 경찰들의 손아귀를 기다시피 피해 나갔 지만 오히려 터미널 밖이 안보다 더욱 위험한 상황이었다.

그 순간, 땅을 기고 있던 동율의 등을 향해 진압봉이 날아 들었다. 다행히 진압봉에 맞음과 동시에 바닥을 굴러 경찰의 손에 잡히지는 않았다만 등줄기가 뜨끈뜨끈해지는 것이 피가 흐르는 것 같았다. 안경 또한 충격에 날아간 것인지 시야가 흐 렸다.

이대로 가다가 경찰의 손에 이끌려 철창신세를 지게 되는 것이 아닐까. 하필이면 왜 이런 일이 자신에게 생긴 것일까, 라 는 고민이 거듭되던 그 순간.

흐릿했던 시야가 원래대로 돌아왔다. 누군가가 안경을 주워 자신에게 씌워준 것이었다. 이 난리 통에 이렇게 친절한 사람 이 있다니, 눈물이 나올 것 같았다.

이윽고 시야의 초점이 제대로 잡히자, 동율은 자신의 앞에 우두커니 서 있는 남자의 얼굴을 확인할 수 있었다.

"어, 넌……?"

"안녕하세요."

분명 지난번 민족문화 작가협회를 찾아왔던 고등학생이었다. 앳된 외모에 어울리지 않는 행동거지 때문에 기억에 남았던 학생이다.

혼란스러운 와중, 그 학생의 목소리가 동율의 귓가를 파고들었다.

"김동율 작가님."

젊은 기자는 김동율 선생의 말이 계속될수록 흥분되는 마음을 쉽사리 가라앉힐 수가 없었다.

대한민국 문학계의 거장인 김동율 선생을 인터뷰할 수 있다는 것부터가 가문의 영광이요, 기자 생활의 정점을 찍을 수 있는 최고의 날이었다. 하지만 여기서 끝이 아니었다.

여태껏 알려지지 않았던 그의 최고의 역작 〈고난의 시대〉의 비하인드 스토리가 지금 이 자리에서 김동율 선생님 본인의 입을 통해 나오고 있었다. 분명 이건 단독으로 붙일 수 있는 특종이었다. 하물며 고난의 시대가 21세기에 접어든 지금까지도 매년 증쇄되어 팔리고 있는 것을 감안하면 국내 문단을 뒤흔들 만한 메가톤급 특종이다.

"선생님, 그렇다면 여기서 여쭤보지 않을 수 없는 게 있는데 말입니다. 선생님의 인생을 바꾸어주었다는 귀인, 그 귀인의 정체는 누구인가요? 혹 저희도 익히 알고 있는 분이십니까?"

기자는 특종의 대미를 장식할 귀인의 정체에 대해 물었다. 그 순간 기자의 머릿속에는 수많은 국내 문단의 유명 인사들이 스쳐 가고 있었다. 당시 민족문화 작가협회의 머리를 장식했던 문인들부터 시작해서 문단계의 고명한 원로 교수들의 이름까지 말이다.

하지만 뒤이어 들려온 대답은 기자의 예상을 벗어나도 한참이나 벗어나 있었다.

"……그분을 가리켜 미다스의 손, 아시아의 기둥, 노블레스 오블리주 등 수많은 수식어가 뒤따르지요. 하지만 제가 생각하기에 그분을 표현할 수 있는 말은 단 하나입니다."

김동율 선생의 말이 시작됨과 동시에 기자는 그가 말하는 인물의 정체를 어렴풋이나마 눈치챌 수 있었다. 수첩과 볼펜을 잡은 두 손끝부터 시작해서 머리끝까지 희열이 차올랐다. 이윽고 기자의 희열과 김동율 선생의 말이 랑데부했다.

"Acumen aureo, 예로부터 황금시대를 이끌었던 선지자의 명칭."

아쿠먼 아우레아. 김동율 선생의 말을 받아쓰는 기자의 손이 빨라졌다.

21세기를 이끌고 있는 여러 천재적인 귀재들과 미다스의 손들이 있었지만 그중 제일을 뽑으라면 그 누구도 반박하지 못할 인물이 한 명 있었다. 바로 대한민국에.

혹자는 말했다. 그와 동시대에 살고 있는 것은 과거 다빈치의 영광을 품었던 이탈리아인들과 비교될 일이라고.

이윽고 그 인물의 이름이 김동율 선생의 입을 타고 전해졌다.

"황금의 혜안, 김대남 회장. 바로 그가 제 인생의 척도를 바꾸어준 귀인이십니다."

운명은 마법처럼 찾아온다고요?

저한테는 해당되지 않는 말이군요.

전 항상 운명을 개척했으니까요.

아, 그럼…… 제가 마법사인 건가요……?

농담은 이쯤 하도록 하죠.

처음 운명을 개척한 날이 언제냐고요?

음, 아무래도 그날이겠죠.

1987년 8월 16일.

-1997년 황금의 혜안, 김대남의 인터뷰 中-

최루탄 냄새가 코끝을 간질이자 기침 소리가 여기저기서 터져 나왔다.

데모가 자주 일어나는 성북동에 살아서 그런가, 아니면 격동의 시대를 보내고 있기에 그런 것일까. 대남은 익숙하게 허리를 굽혀 자세를 낮추고는 곧장 자리에 쓰러져 있던 동율을 부축한 뒤 일으켜 세웠다. 한시바삐 이 아수라장을 빠져나가는 것이 중요했기 때문이다.

"고, 고맙습니다."

"허리 꽉 잡으세요. 최대한 빨리 밟을 테니까. 내리막길에서는 말씀하시지 마시고요. 잘못하면 혀 깨물어요."

자전거 뒷자리에 동율을 태운 대남은 아직 경찰이 포위망을 구성하지 않은 활로를 찾아 있는 힘껏 페달을 밟았다.

얼마나 달렸을까. 최루탄 냄새가 옅어지고 비산하던 비명이 잦아들 즈음 대남은 자전거를 멈춰 세운 채 뒤를 돌아봤다.

자전거 뒷좌석에 앉아 있는 동율의 행색이 영 말이 아니었다. 누가 보면 유격장에서 유격이라도 하고 온 것처럼, 옷가지에는 흙먼지가 가득했고, 까치집이 된 머리 사이사이에는 진흙이 아직도 묻어 있었다.

더군다나 혀라도 깨문 것인지 얼굴을 한껏 찌푸린 채 고개를 숙이고 있는 모습에 대남은 고개를 절레절레 흔들었다.

그러니까 내리막길에는 입 열지 말라고 했는데.

"아저씨, 어디 아파요?"

"으으……"

"이 아저씨가 왜 이래, 어, 어……!"

대남의 물음에 동율은 옅은 신음을 내며 힘없이 옆으로 무너졌다. 그 모습에 놀란 대남이 서둘러 동율을 받치듯 부축했다.

자연스레 오른손이 동율의 등을 받쳤는데, 손바닥부터 팔꿈치까지 뜨끈뜨끈해지는 감촉에 놀랄 수밖에 없었다. 이미 동율의 등은 피로 샤워라도 한 듯 붉게 젖어 있었다.

"에라이!"

대남은 자전거를 내팽개치듯 버리고는 동율을 둘러업고 인근의 병원으로 향했다.

다행히 도보로 갈 만한 거리에 종합병원이 있었다.

피범벅이 된 사람을 앳된 얼굴의 학생이 업고 가니 도로를 달리던 자동차들이 멈춰 섰고, 인도를 걷던 사람들도 놀란 눈으로 바라봤다. 덕분에 대남은 보다 빨리 종합병원 응급실에 도착할 수 있었다.

하지만 가는 날이 장날이라더니, 이미 응급실 안은 고속버스 터미널에서 벌어진 학생운동의 여파로 인해 수많은 일반 시민이 진료를 대기하고 있었다.

"거동이 불편하신 환자분들은 침상에 누워서 대기해 주시기 바랍니다. 침상이 모자라면 보다 위급한 환자에게 침대를 양보해 주시길 바랍니다. 응급실은 선착순이 아니라 경중에 따라 진료의 순서가 나뉜다는 것을 기억해 주시고요!"

응급실의 수간호사가 능숙하게 환자들을 대하고 있었다. 올해 들어 서울에서 수많은 민주화 운동이 벌어졌으니 이렇게 응급실이 인산인해를 이루는 것도 한두 번 있는 일이 아닌 듯 싶었다.

"저, 이 사람 좀 봐주세요!"

수속을 마친 대남이 빈 침상에 동율을 급히 눕히고는 소리 쳤지만 봐주는 이는 없었다. 응급실의 간호사들뿐만 아니라 의사들까지 정신없이 몰아닥치는 환자들을 진료하느라 구석 에 자리한 동율까지 봐줄 여력이 없었던 것이다.

꿔다 놓은 보릿자루처럼 동율이 침상 위에서 신음 소리를 내며 앓는 모습을 보고 있자니 대남 또한 덩달아 초조해지게 마련이었다.

"저기, 좀 도와주세요!"

"지금 위급한 환자가 많으니 차례를 지키세요."

지나가던 의료진을 붙잡고는 통사정을 했음에도 더욱 위급 한 환자들이 있다는 말에 진료를 부탁하기에는 역부족이었다.

응급실의 상황은 점점 악화되어 가고 있었다. 다른 병동에 서 의료진이 헬퍼를 자처하며 나타났지만 인근의 학생운동으로 불거진 환자들이 계속해서 나타나니 인력이 부족한 것은 매한가지였다.

고통에 찬 신음과 비명이 비산하고 피비린내가 코끝을 진하게 괴롭혔다. 의사들의 다급한 외침과 응급실 한편에서는 간이 수술까지 긴박하게 시행되고 있었다.

NGO 현장의 난민 수용소를 방불케 하는 모습에 간담이 서늘해지는 것은 물론이고 옆 침상에 누워 있는 동율이 잘못될까, 대남의 등줄기에 굵은 땀줄기가 장마철처럼 연신 흘렀다.

대남은 이마를 타고 흐르는 비지땀을 손바닥으로 닦아내다 얼굴에 피가 묻어 나오는 것을 보고는 그제야 자신의 손이 피범벅인 것을 깨달았다. 동율의 등에서 나온 피였다.

이미 동율이 누운 병상의 침대 시트마저 검붉게 물들기 시작했다. 이대로 지혈이 안 된다면 한 치 앞도 장담할 수가 없었다.

"잠, 잠시만 지나가겠습니다."

그 순간 대남의 뒤로 응급실 인턴이 손을 떨며 그 자리를 지나치고 있었다. 아무래도 응급실에 배정받은 지 며칠 안 된 초턴 같았다.

의과대학 먹물을 먹었다고는 하나 초턴 때는 할 수 있는 게 없는 무지렁이나 다름없다. 그저 큰 사고나 안 치고 약물 실수를 하지 않아 간호사들에게 쪽을 안 당하면 다행이지.

그런데 내가 이런 것까지 어떻게 알고 있는 거지……?

대남의 의문과 함께 머릿속에 또 다른 기억들이 싹을 트기 시작했다.

외상 외과에 관련된 의학 지식들이 머릿속에 들어차기 시작했다. phenytoin, hyponatremia, complex partial seizure 등 수많은 외과 용어가 생각났다. 생전 처음 보는 단어들이었지만 마치 오랫동안 알았던 문자인 것처럼 익숙했다.

삽시간에 이뤄진 초능력이었지만 그 위력만큼은 이전과 차원이 달랐다. 미래를 예지하거나 수학 문제를 풀었던 것과는 궤가 달랐다. 이전과는 다르게 보다 빨리 능력에 적응했고, 그것을 실천할 용기가 있었다. 지금 당장 침상에 누워 있는 김동율을 살리는 게 급했기 때문이다.

이윽고 대남은 마치 자신이 외상 외과의가 된 것처럼, 자리에 누워 있는 동율을 세심히 진료하기 시작했다.

대남은 능숙하게 카트 위에서 놀고 있는 혈압계를 이용해 동율의 바이털을 체크했다. 그 모습이 워낙 자연스러워 주변 사람들조차 환자를 진찰하는 것이 앳된 학생이라는 것을 의식하지 못했다.

'BP 70/40 출혈로 인한 쇼크군. 아직 경부 자극을 통해 등이 움직이는 것을 보아하니 신경이 손상된 건 아닌 거 같고……'

대남은 동율을 진료하고는 곧장 뒤돌아서 때마침 지나가던 인턴 한 명을 붙잡았다. 조금 전 어수룩하게 말을 더듬던 초턴이었다.

"인턴 선생, 이 환자 hypovolemic shock 왔으니까 back care 해줌과 동시에 back bleeding은 bosmin solution으로 지혈 잡고 laceration site 두툼한 거즈로 덧대어 dressing 하면서 경과 확인해. os에 suture consult 곧장 넣고. 또 c-arm 이용해서 internal bleeding 있는지 확인하고 말이야."

대남의 말에 사색이 된 인턴이 재빨리 수첩에 오더를 적어 내려갔다. 손은 떨리고 있었지만 그 속도는 빨랐다.

대남은 인턴이 약물 오더를 잘못 내릴까 싶어 곁눈질로 수첩의 내용까지 일일이 파악했다. 다행히 인턴은 오더를 곧잘 따라 적었다.

"······저, 근데 어디 과 선생님이신지?"

"어서 빨리 움직이지 못해!"

"네, 넵!"

오더를 다 적고 나서야 인턴이 의문을 표했지만 대남이 성난 표정으로 불호령을 내리니 인턴은 저도 모르게 기합을 주며 약물과 컨설트를 넣기 위해 뛰었다.

아마도 조금 전 인턴의 눈에는 대남이 연륜 가득한 외상 외과의로 보였을 테지. 그 생각이 맞는 듯 인턴의 얼굴에 긴장한 기색이 역력했다.

다행이라면 응급실 내부는 정신이 없을 정도로 바빴기에 대남이 인턴 의사에게 오더를 내리는 장면을 그 누구도 주의 깊게 바라보지 않았다.

'후⋯⋯.'

대남은 깊은 한숨을 내쉬고는 누워 있는 동율을 바라봤다.

이제는 잠시 사라질 시간이다. 아무래도 인턴이 바보가 아닌 이상에야 자신에게 오더를 내린 전문의를 다시 찾을 테지. 만약 대남의 얼굴이라도 기억했다가는 큰일이다.

이윽고 대남은 동율의 병상과 멀찍이 떨어진 자리에서 인턴 선생의 컨설트를 받은 정형외과 선생이 동율의 출혈 부위를 잡는 것을 보고 난 뒤에야 걸음을 돌려 응급실을 빠져나갔다.

대남은 집으로 돌아오는 동안 오늘 겪었던 일들을 되짚었다. 미래를 예지한 것은 물론이고, 잠시였으나 저명한 외상 외과의가 되었다. 이전 호랑이 선생의 수학 문제를 풀었을 때와 비슷한 느낌이었다.

오늘 같은 능력을 다시 내보이라면 내보일 수 있을지 장담할 수는 없다. 하지만 오늘 겪은 일련의 일을 통해 깨달은 것이 하나 있었다.

땅거미가 진 늦은 저녁이 되어서야 대남이 현관문을 열고 들어서자, 부모님이 성난 눈초리를 한 채 대남을 기다리고 있었다.

잔뜩 혼을 내줄 생각으로 대남을 기다리고 있던 부모님은 대남의 옷에 흙먼지가 가득하고 등과 손바닥, 그리고 이마 부위에 핏자국이 묻어 있는 것을 보고 소스라치게 놀라 소리쳤다.

"대, 대남아……!!"

"괜찮아요, 저 다친 거 아니에요."

대남은 놀란 표정의 어머니를 달래며 옆에 우두커니 서 있는 아버지를 바라봤다.

오늘 일을 통해 장담할 수 있는 단 한 가지.

승전보를 울리는 병사의 모습처럼, 대남은 입가에 한껏 미소를 품었다.

"아버지, 우리 이제 완전 노났어요."

- 3장 -
아버지

　종합병원 응급실에서 정신을 차린 동율은 자신의 몸에 덧대어진 거즈와 팔뚝에 꽂힌 링거 주삿바늘이 새삼 낯설게 느껴졌다.

　분명, 민족문화 작가협회에서 만난 학생의 도움을 받아 자전거를 타고 가두시위를 빠져나갔던 것까지는 기억이 나는데.

　"그 뒤로는 기억이 하나도 안 납니다. 절 이곳까지 데리고 온 게 누구였나요……?"

　"김대남이라는 학생이네요. 병원비도 그 학생이 미리 지불했어요. 깨어나면 이 쪽지를 김동율 씨에게 주라던데."

　동율의 물음에 데스크를 맡아 보고 있던 간호사는 꾸깃꾸깃한 종이 한 장을 꺼내 건넸다.

[성북구 성북동 76-1번지]

주소가 간단히 적힌 종이였다. 주소가 적힌 곳이 아무래도 김대남 학생의 사는 곳일 테지.

사람 된 도리로서 구해준 은인에게 금전으로 은혜를 갚지 못해도, 감사의 표시는 해야 하는 것이다.

완치를 위해서라면 병실에서 며칠은 더 푹 쉬는 게 나았지만 동율은 그럴 형편이 되지 못했다.

간호사 또한 물밀 듯이 밀어닥치는 환자들 때문에 병상 회전율을 높여야 했다. 때문에 동율의 퇴원을 막지는 않았다.

"성북동 76-1번지라⋯⋯."

동율은 속으로 거리를 가늠했다. 다행이라면 종합병원에서 종이에 적힌 주소까지 멀지 않은 거리라는 것이다.

동율은 종이에 적힌 주소로 가기 전에 자취방에 들러 뒷정리를 했다. 원래라면 고향에 내려가 며칠 쉬다 다시 올라올 생각이었지만 이번 일을 겪으면서 완전히 고향에서 살기로 마음먹었다.

세 평 남짓한 자취방 안을 정리하니 짐이라고 해봐야 스포츠 백 하나 크기밖에 안 되었다. 사 년간의 서울 생활이 동율에게 안겨준 삶의 무게치고는 한없이 가벼웠다.

스포츠 백을 멘 채 시내버스를 타고 삼십 분 정도 갔을까, 어느새 성북동에 도착해 있었다.

동율이 평소 거닐지 않았던 곳이다. 아직도 최루탄 냄새가 나는 것이 대학생들의 학생운동이 자주 벌어지는 성북동다웠다.

종이에 적힌 주소로 가려면 성북동에서도 가장 가장자리로 가야만 했다. 다들 주택 지하와 셋방을 개조해 달방을 내놓던 시절이니만큼, 한 주택에 세 가구 또는 네 가구가 사는 것이 일반적이었지만 주소에 적힌 집만큼은 특이했다.

고급스럽기보단 과거의 명맥이 잘 유지되어 온 문화재 같은 느낌이랄까. 그 흔한 달방도 내놓지 않고, 집 주변이 가지런하게 정리가 잘 되어 있었다.

[김대철 金岱哲]

집주인의 이름으로 보이는 명패가 달려 있다.

동율은 명패 옆에 달린 초인종을 눌러보았다. 몇 번 울리지 않았건만, 문이 자동으로 열렸다.

그리고 대문 뒤로는 이미 한 사람이 동율을 기다리고 있었다. 동율도 익히 알고 있는 인물이었다.

"오셨어요."

"어, 넌……?"

그때 그 학생이다. 자신을 가두시위에서 구해준 고등학생.

그리고 그때처럼 또다시 그 학생의 목소리가 동율의 귓가를 파고들었다.

"김동율 작가님."

대남은 가슴이 두근거리는 것을 멈출 수가 없었다.

고난의 시대 저자 김동율 작가가 자신의 눈앞에 있다는 사실 때문에 말이다.

주말을 맞이해 어머니는 동네 독거 어르신들의 찬거리를 만드는 봉사를 나가셨고, 아버지 또한 밀린 업무를 처리하기 위해 출근을 하셨다.

혹여나 김동율 작가가 오늘이 아니고 내일 오지 않을까 싶었지만 대남의 예상대로 동율은 오늘 성북동을 찾아왔다.

대남은 동율을 거실까지 안내한 뒤 녹차를 가져와 건네면서 입을 열었다.

"단도직입적으로 묻겠습니다, 작가님."

"저, 아까부터 그 작가라는 말은 좀 부담스러운데……."

"고난의 시대, 아직도 가지고 계십니까."

작가라는 말을 부담스러워하던 동율은 대남의 입에서 〈고난의 시대〉가 튀어나오자 대경한 표정으로 바라봤다.

"그걸 어떻게 알고 있는 겁니까."

"제 아버지가 금양출판의 사장이십니다."

"아……."

동율은 그제야 이해가 되는 듯했다.

이 집을 처음 마주했을 때 보았던 '김대철'이라는 이름이 그래서 낯설지가 않았던 거구나.

하지만 대남의 입에서 고난의 시대라는 말이 다시 나온 건 이상했다. 분명 금양출판의 사장은 고난의 시대를 가리켜 초짜의 작품이라고 했는데.

"그나저나 그때 구해준 건 고맙습니다. 만약 김대남 학생이 아니었다면 전 어떻게 됐을지 모를 일이니까요. 병원비는 제가 고향에 내려간 뒤 이곳 주소로 돈을 부쳐드리겠습니다."

"병원비는 괜찮아요. 석 달 치 용돈 털린 거 말고는 별 이상 없으니까요. 제게 지금 당장 중요한 건 작가님이 가지고 계신 고난의 시대인데, 혹시 볼 수 있을까요."

"그 작품은 이미 대남 군의 아버님께서 반려하신 작품인데……."

"아버지는 아버지고, 저는 저니까요. 생명의 은인한테 그 정도도 못 해줘요?"

대남의 말에 동율은 땅이 꺼져라 한숨을 내쉬고는 메고 온 스포츠 백을 앞으로 가져와 뒤적였다.

이윽고 동율의 손에 색 바랜 두툼한 원고 종이가 들려 나왔다. 얼마나 오랜 시간 동안 빛을 보지 못했는지 하얗던 원고는 가을 녘에 떨어지는 낙엽만큼이나 누랬다.

대남은 동율에게서 원고를 건네받은 뒤부터 더욱더 심장이 요동쳤다.

평소에도 책을 읽는 것을 좋아했지만 미래의 베스트셀러를 세상에 밝혀지기 전에 읽는다는 것이 아직 해보지 못한 첫사랑과의 경험만큼이나 달콤하고 긴장되었다.

하지만 그 감정은 얼마 가지 못해 와장창 깨져 버리고 말았다. 첫사랑이 알고 보니 양다리였다는 것을 알았다면 이런 느낌이었을까. 아니, 분명 이건 더욱 큰 배반의 감정이다.

대남은 분명 동율이 건넨 고난의 시대라는 작품이 아직 퇴고를 거치지 않은 초고라는 것을 알고 있었다. 그렇다 해도 익년의 베스트셀러를 장식할 만큼 대단한 작품이라면 초고 때도 그 빛을 분명 알아볼 수 있을 것이라 생각했다.

얼마나 시간이 지났을까. 원고를 읽어 내려가던 대남의 표정은 당초 예상과 달리 차츰 어두워졌다.

"아버지가 실수를 한 게 아니었어……."

대남은 혼잣말을 내뱉듯 원고 종이를 내려놓으며 말했다. 그 모습에 녹차를 마시던 동율도 사약을 마시는 것처럼 미간을 한껏 찌푸렸다.

"도대체 이건 뭡니까."

대남이 한탄하듯 말을 내뱉었다. 여태껏 김동율 작가의 고난의 시대만을 믿고 달려온 자신이 무능해 보일 지경이다. 역작이라고 생각했던 작품이, 한낱 고교생의 필력에도 못 미친다면 믿어질까.

대남은 생각을 다시 할 수밖에 없었다.

"진짜 고난의 시대는 어디 있습니까."

대남의 물음에 동율은 고개를 푹 숙였다.

"······이미 없애 버렸습니다."

"없애 버렸다니요?"

"고난의 시대의 초고는 나의 어머니를 제하고는 그 누구도 보지 못했습니다. 어머니는 그 원고를 보자마자 찢어버리며 없애 버리셨습니다. 지금 대남 군의 손에 들린 고난의 시대는 그런 과거를 잊기 위한 나의 몸부림입니다."

이해가 되지 않았다. 도대체 왜 똑같은 제목에, 두 가지 내용의 책을 만든 것일까.

이윽고 자조 섞인 동율의 목소리가 들려왔다.

"······그때 난 용기가 없었습니다."

"무슨 용기 말입니까."

그는 고개를 숙이며 여러 가지 생각을 거듭하는 듯했다. 악천후의 파도만큼이나 넘실거리는 그의 마음을 어떻게 표현할 수 있을까.

동율은 떨리는 손으로 눈물을 닦아내었다.

"아버지의 이야기를 다시 적을 자신이……."

대남은 동율의 말을 들음과 동시에 그 말의 진의를 깨달았다.

고난의 시대는 퇴고를 거쳐서 베스트셀러에 올라간 작품이 아니었다. 새롭게 태어났던 것이다.

참 다행이야.

화창한 날씨 아래 웃음꽃이 피던 그날을 기억하니까.

산과 들로, 사랑하는 아들과 아내와 함께 노닐던 그날을 말이지. 평소와 다름없는 행복한 나날이었어. 한데.

그래, 정전이라도 된 듯 세상은 어두워졌어.

갑작스러운 정전 아래 길을 헤맨 아들과 아내를 난 감싸 안았지.

그리고 장맛비라도 내리는 것처럼 내 몸 위로 총탄이 빗발쳤어.

참 다행이야.

-1988년 베스트셀러, 〈고난의 시대〉 中-

대남이 김동율 작가에게 해줄 수 있는 첨언은 없었다. 미래를 알고 있다고는 해도 〈고난의 시대〉라는 작품은 오로지 김동율 작가 본인의 손에서 태어난 작품이었으니 말이다.

탈고를 거쳐서 태어난 것이 아니라 새롭게 태어난 것이다.

결자해지라 했다.

"다시 써보실 수 없으시겠습니까."

"……그게 힘듭니다."

"왜 그렇습니까."

"아버지…… 아버지의 이야기라서 그렇습니다."

고난의 시대라는 역작이 김동율 작가 아버지의 자전적 소설이었다니 대남은 자못 궁금해졌다.

1980년 김홍림 작가의 〈인간시장〉이 당시 군사정권의 손에 억압당하던 군중에게 일당백의 영웅을 통해 카타르시스를 줬다면 1988년 김동율 작가의 〈고난의 시대〉는 도대체 군중에게 어떤 느낌을 줬던 것일까.

생각이 꼬리에 꼬리를 물고 거듭될 무렵, 동율이 마른 입술을 쓸었다.

"아버지의 인생을 그린 작품이었습니다. 그래서 어머니께서는 더욱 고난의 시대를 싫어하셨습니다. 저조차도 아버지처럼 사라져 버릴까 싶어서 말입니다."

거북이 등껍질처럼 갈라진 입술 사이로 쉿소리가 흘러나

왔다.

"사라져 버린다니요?"

"70년대 유지되었던 유신이라는 폭압과 독재의 억압성은 결국 80년 5월 광주민주화운동을 낳았습니다. 새로운 시대의 진입이라고도 할 수 있는 그날, 전 광주에 있었습니다. 바로 제 고향이었으니까요."

동율은 잠시 과거를 회상하는 듯 두 눈을 지그시 감았다 떴다.

"제 아버지의 인생은 파란만장했습니다. 어렸을 적에는 고아로 남루한 다리 밑에서 구걸을 하며 살았지만 공부의 끈을 결단코 놓지 않으셨습니다. 대한민국이라는 나라도 자랑스럽게 여겼지요. 월남전쟁에 참전하신 것은 물론이고 대통령 표창도 받은 문학 교수셨습니다. 지금도 제 아버지의 이름을 아시는 분들은 당대의 문학을 대표했던 지식인 중 한 명이었다고 치켜세워 주십니다."

입술이 얇게나마 떨리고 목소리에도 눈물이 섞여 있었지만 그는 계속해서 말을 이었다.

"80년 5월 군사 계엄령과 함께 광주에 민주화 운동이 불거졌고 저희 가족은 그 역사의 중심에 있었습니다. 광주 시내에 일반 시민들뿐만 아니라 교복을 입은 학생들마저도 무차별적으로 구타당하고 살해를 당했습니다. 현실은 세상에 알려진 내용보다 더욱 참혹했습니다."

대남은 동율의 이야기를 들으면서 탄식을 금치 못했다.

광주민주화운동과 관련해서는 국내 언론보다는 외신을 통해서 알려진 내용이 많았다. 출판업을 하시는 아버지 덕분에 외신 기사들도 접할 기회가 자주 있었기에 대남 또한 그 역사의 편린을 약간이나마 알고 있었다.

"전 제 체구가 작은 것이 항상 싫었습니다. 중학생이 되었을 때도 또래들보다 한참이나 키가 작아 아버지에게 투정 아닌 투정을 했었습니다. 아버지는 그럴 때마다 사람은 신장의 높이보단 마음의 깊이가 중요하다고 항상 말씀했습니다."

동율은 아버지를 떠올릴 때마다 약간이나마 입가에 미소를 지었다.

"대남 군, 제가 중학생이었을 나이에 어머니와 함께 광주 시내를 거닐고 있었습니다. 아버지의 대학 강의가 끝나고 시내 양식집에서 외식을 하기로 했었습니다. 그런데 갑작스러운 사람들의 비명과 함께 그날의 일상은 돌이킬 수 없는 아수라장이 되었습니다. 다급히 저희를 찾은 아버지가 어머니와 제 손을 이끌고 뛰었습니다. 어머니의 종아리에 총탄이 박히자 아버지는 곧장 어머니와 절 껴안으셨습니다. 두 손으로 어머니와 제 입을 틀어막은 채 아버지는 온몸으로 저희를 감싸 안으셨죠. 아버지가 저에게 마지막으로 하신 말씀이 뭔지 압니까?"

대남은 동율의 이야기를 들으며 답할 수가 없었다. 고난의 시대라는 작품을 그저 베스트셀러라서 눈에 불을 켜고 찾았던 자신이 이토록 비참해 보일 수가 없었다.

누군가에는 그저 소설 한 권일 수 있는 것이 또 다른 이에게는 인생일 수도 있다는 사실을 대남은 그날 깨달았다.

"미안하다……. 아버지가 마지막으로 제게 한 말입니다. 도대체 뭐가 미안하다는 말이었을까요. 전 정말이지……"

대남은 동율에게 다시 고난의 시대를 써보라 권할 수가 없었다.

그 뒤로 며칠이 흘렀다.

김동율 작가는 고향으로 내려갔고 한여름 날의 폭염 또한 그쳤다.

근래 달라진 것이 있다면 대남이 요즘 학교에서 인기 스타가 되었다는 점이다.

대남은 초능력을 통해 각 교과목에서 발군의 실력을 자랑했는데, 평소 성적이 상위권이 아니었던 탓에 선생님들의 관심뿐만 아니라 친구들의 이목마저 끌었다.

당대 고등학생들의 최대의 관문이라 하면 단연코 '학력고사'

였다. 인생의 첫 번째 관문이자 허들을 넘기 위한 고교생들의 노력은 험난하기 그지없었다.

뿔테 안경을 낀 영출은 한평생 자신과 함께 성적을 나란히 할 줄 알았던 대남이 일약 스타덤에 오르자 불안해했다. 더군다나 86년도에 입영 대상자가 적어 대학교에 들어가지 못한 졸업생이 바로 군대에 끌려갔다는 말도 있어서 영출의 불안감은 눈에 보일 지경이었다.

"대, 대남아. 나도 같이 과외받으면 안 되냐."

"무슨 과외."

"너 과외받고 있는 거 아니었냐. 들리는 소문에는 교과목마다 한국대학생들한테 일대일 과외받는다고 하던데……."

흠, 그렇게 생각할 만도 했다. 대남의 성적이 믿기지 않을 정도로 수직 상승을 했으니.

"우리 집에 그럴 돈이 어딨다고, 요즘 출판사 불황인 거 너도 알잖아. 나 과외라고는 살면서 한 번도 받아본 적 없다."

"진짜냐?"

"내가 너한테까지 거짓말을 하겠냐. 그냥 하루 종일 죽었다 생각하고 공부만 하고 살아. 강소연 보러 극장이랑 방송국 좀 작작 가고 말이야."

대남은 겉으로 영출을 질타했지만 속이 뜨끔하는 것은 어쩔 수 없었다. 사실 자신도 본연의 노력보다는 초능력을 통해

답안지를 엿보는 수준이었으니 말이다.

영출이 한참을 대남의 곁에서 귀찮게 하는가 하면, 다른 반의 공부 잘한다는 놈들이 와서 대남을 연신 훑어보고는 묻는 경우도 잦았다.

"너 하루에 몇 시간 자냐."

유치하기 짝이 없는 물음이었지만 그들에게는 중요한 단서가 될 것이다.

"네 시간."

사실 집에 가자마자 곯아떨어졌으니 잠을 푹 자고는 있었지만 그렇게 말했을 때 녀석들의 상실감과 시기심을 받아낼 재간이 없었다.

대남이 하루에 네 시간을 잔다고 하자 영출은 독하다고 질색했고 다른 반의 녀석들은 못 당해내겠다는 표정이었다.

'마음대로들 생각해라.'

현재 대남의 머릿속에 학교 공부는 그다지 중요한 대상이 아니었다. 초능력을 통하면 쉽사리 해결되는 것이었기에 그럴지도 몰랐다.

그보다 마음속에 튼 〈고난의 시대〉의 싹을 잘라낼 수 없었다. 분명 그날 포기하기로 마음먹었건만, 왠지 모르게 김동율 작가의 모습이 계속해서 눈앞에 아른거렸다. 다시 한번 만나보고 싶다는 생각이 머릿속에 꿈틀거렸지만 결코 밖으로 내뱉을 수는 없었다.

하지만 지성이면 감천이라고 해야 하나. 그날, 저녁 식사 자리에서 아버지가 연거푸 소주잔을 들이켜시는 모습을 보고 출판업이 잘 안 되나 싶던 와중에 뜻밖의 행운이 대남을 찾아왔다. 정확히는 금양출판에 찾아온 것이었지만.

띵동.

갑작스러운 초인종 소리에 대남이 식사를 하다 말고 자리에서 일어나 대문으로 나섰다.

이미 땅거미가 짙게 져 가로등 하나에 의존한 대문 앞에 한 남자가 서 있었다. 색 바랜 셔츠에 해진 코르덴 바지를 입고 부러진 안경을 한 엉성하기 짝이 없는 그 사람.

김동율 작가였다.

그는 헤어졌을 때와 마찬가지로 등 뒤로 커다란 스포츠 백 하나를 메고 있었다.

"찾았습니다."

동율이 대남을 바라보며 확신에 찬 목소리로 말을 했다. 더 이상 힘없는 쇳소리가 아니라 무언가 결단에 가득 찬 목소리였다.

'무엇을……?'

대남이 의문을 밖으로 표출하기도 전에 그는 스포츠 백에서 두툼한 원고를 꺼내었다.

동율은 원고를 두 손으로 움켜잡았다. 색이 바래고 갈래갈래 찢어진 원고는 테이프로 한 땀 한 땀 수놓듯 퍼즐이 맞춰져 있었다. 그리고 그 위로 동율의 뜨거운 눈물이 뚝뚝 떨어졌다.

"어머니가 말씀하셨습니다. 아버지를 어떻게 버릴 수가 있겠냐고 말이죠. 어머니는 계속해서 보관하고 계셨습니다. 이 고난의 시대를요."

케케묵은 보물 지도의 끝자락에서 금은보화를 발견하면 이러할까. 김동율 작가의 손에 들린 고난의 시대는 그 무엇보다도 빛이 났다.

못난 아비가 되지 않도록 노력했건만, 너에게 남겨줄 건 없구나.

마지막으로 사랑하는 아들과 아내를 힘껏 안아보자. 군홧발 소리가 점점 커져 갈수록 더욱 거세게 껴안자. 총탄의 뜨거움보다 손등 위를 타고 흐르는 눈물이 더 뜨겁네.

등줄기를 뚫고 흐르는 피보다 네 눈가에서 흐르는 눈물이 내 마음을 더 아프게 하는구나.

미안하다. 미안하다, 아들아.

-1988년 베스트셀러, 〈고난의 시대〉 中-

아버지는 갑자기 나타난 김동율 작가의 모습에 놀랐지만 대남의 손에 들린 원고를 보고는 고개를 끄덕였다. 보통 초짜들은 쉽사리 포기를 하지 않는 법이니…….

그 반면 〈고난의 시대〉의 초고를 받아 든 대남의 마음속은 희열로 가득 찼다. 칠 년 전 메마른 출판 시장에 단비처럼 등장한 〈인간시장〉이 그러했듯 〈고난의 시대〉 또한 군중의 마음을 휘어잡을 수 있는 마력이 있었다.

김동율 작가의 뜨거운 눈물이 깃든 원고는 탈고할 필요도 없는 완벽한 상태였다.

색 바랜 원고 종이 위에 그려진 잉크들은 세월의 깊이만큼이나 오래된 기억을 품고 있었다.

원고를 한 장 한 장 넘길 때마다 산천초목의 고목을 마주한 것처럼 대경하는 장면이 있는가 하면, 당시의 억압되었던 시대상과 울분이 온몸으로 체감되었다.

대남은 원고의 종장을 넘김과 동시에 참았던 숨을 몰아 내쉬었다. 숨 쉴 틈도 주지 않는 〈고난의 시대〉에 대남은 완전히 매료되었다.

대남이 쉬지 않고 원고를 읽어 나가자 저자인 김동율 작가를 비롯한 가족들마저도 자못 반응이 궁금한 듯했다. 물론 대남의 아버지 김대철의 표정은 영 탐탁지 않았다.

해 질 녘이 되어서 빛바랜 원고 뭉텅이를 들고 온 초짜 작가.

김대철의 눈에 비친 김동율의 모습은 그러했다. 한데 아들의 반응이 심상찮다. 어려서부터 여러 장르의 책을 다독시켜 책을 보는 눈이라면 제 애비만큼이나 높아져 있는 녀석인데 저렇게 희열에 가득 찬 표정을 짓다니. 그제야 아버지의 눈에도 <고난의 시대>가 달리 보이기 시작했다.

"대단, 대단합니다. 도대체가 어떻게 이런 이야기를 적을 수 있는 것인지……!"

"저희 아버지의 이야기입니다."

대남의 흥분된 말투에도 동율은 담담히 대답했다.

아버지, 아버지의 이야기라는 말에 대남은 흥분되었던 마음을 가라앉힐 수 있었다.

그래, 이건 단순한 책이 아니었다. 한 사람의 인생이 담긴 회고록이나 마찬가지였다.

"대남아, 나도 한번 보자꾸나. 네놈이 그렇게 호들갑을 떨어놓으니 궁금해 미치겠구나."

"한번 보세요. 아버지도 생각이 달라지실 거예요."

대남은 고난의 시대 원고를 조심히 아버지에게 건네었다. 아버지는 낡은 원고를 받아 든 채 바람 불면 날아갈까, 조심스럽게 장을 넘겨 나갔다.

한 시간이나 지났을까. 원고를 읽어 나가던 아버지의 눈빛은 시시각각 변했다.

출판사의 사장이 아닌 편집자로서, 독자로서 원고를 읽어나 갔음에도 고난의 시대는 흠잡을 구석 없는 작품이었다.

〈인간시장〉이 일당백의 영웅을 통해 카타르시스를 주었다 면 〈고난의 시대〉는 억압된 현실 아래 수놓았던 한 지식인의 울분이 그려져 있었다. 읽는 이로 하여금 텁텁하고 씁쓸한 뒷 맛을 주게 마련이었지만 거북스러운 것이 아니라 있는 그대로 의 사실을 전달한다는 측면에서 깊은 감동을 선사해 주었다.

베스트셀러가 되기 위해서는 시대를 관통하는 힘이 있어야 했다. 그리고 고난의 시대는 분명, 민주화 투쟁의 이정표와 같 은 현 시기를 관통할 만한 힘이 있었다.

"……정말로 대단합니다, 김동율 작가님."

흙 속의 진주를 못 알아볼 뻔한 자신을 책망하는 듯한 목 소리가 아버지의 입에서 흘러나왔다.

동율은 작가님이라는 말에 몸 둘 바를 몰랐다. 민족문화 작 가협회에서 말단 직원으로 일을 했던 그이기에 작가라는 직함 이 얼마나 높은 산맥에 걸터앉아 있는 것인지 뼈저리게 알았다.

"저, 아직 작가라는 말씀은 안 하셔도 됩니다. 편하시게 동 율이라고 불러주세요."

"하하, 어찌 그럴 수가 있겠습니까. 제가 뭐 신춘문예를 주 관하는 동인일보의 사장도 심사관도 아니지만 이 정도 엄청난 작품을 만들어내신 분께서 작가가 아니면 누가 작가라는 말입니까. 펜 촉 끝에 감동을 우려낼 수 있으면 그 누구든지 작가입니다."

아버지는 자세를 고쳐 앉아 동율을 자세히 바라봤다. 그 모습이 사뭇 진지해 대남은 잠자코 자리를 지키고 있었다.

"그럼 이제는 제가 부탁해야겠군요. 김동율 작가님, 고난의 시대를 저희 금양출판사에 맡겨주실 수 있겠습니까."

"오, 오히려 제가 부탁드리고 싶은 말씀입니다. 저야말로 대남 군이 아니었다면 이곳까지 올 생각도 못 했을 겁니다. 저의 가치를 먼저 알아봐주고 진창 속에서 꺼내준 대남 군을 위해서라도 당연히 금양출판에서 제 글을 내고 싶습니다."

"정말로 저희 아들이 복덩이나 다름없군요. 제가 놓칠 뻔한 작가님을 이렇게 다시 만나게 해주다니 말입니다."

아버지는 이미 김동율 작가를 금은보화라도 되는 양 흐뭇한 미소로 바라보고 있었다.

"혹시 지금 거처가 어디십니까. 멀지 않은 곳이라면 제가 태워다 드리지요."

"아……. 그게 사실은 며칠 전에 자취방을 빼버려서 잠잘 곳이 마땅히 없습니다. 그리고 아직 고향에 어머니가 홀로 계셔서 서울에도 오래 못 있는 처지입니다."

"음, 앞으로 고향에서 사실 생각이십니까?"

"어머니의 지병이 악화되어서 아무래도 서울에서 살면서 대학 병원의 검진을 받으면 좋겠지만……. 아무래도 월세 감당을 못 하겠어서요."

동율의 낙담에 아버지는 한참이나 고민을 거듭했다.

아버지의 시선은 손에 들린 고난의 시대에 머물다 곧장 김동율 작가에게로 향했다.

"좋습니다. 계약금으로 1천만 원에다가 선인세로 송파구 가락동 쪽에 아파트 한 채 해드리겠습니다. 이 정도면 어머니를 모시고 서울에서 사셔도 괜찮지 않으시겠습니까."

"여보!"

아버지의 말에 어머니가 화들짝 놀라 소리쳤지만 이미 결심을 굳힌 아버지를 막을 수는 없었다.

대남도 놀라기는 마찬가지였다. 신인 작가인 김동율 작가에게 아버지는 기성급, 그것도 기라성 같은 원로 작가급으로 대우했기 때문이다.

80년대를 아울렀던 군부 정권은 유신 체제의 붕괴와 함께 흔들리는 정치·경제적 위기 상황을 타파하기 위해 공공주택건설 및 택지개발계획안을 수립했었다.

그 결과로 서울 전역에 아파트 건설이 계속되었고 주택 보급률 또한 상당수 올라갔다.

강남의 고급 아파트인 은마아파트의 매매가격이 오천만 원을 넘는 것을 감안했을 때 가락동의 아파트 또한 기천만 원을 상회할 것으로 예상되었다.

한마디로 아버지는 지금 할아버지가 남기신 전 재산을 〈고난의 시대〉에 올인 했다고 봐도 무방했다.

결과를 알 수 없는 출판 시장에서 어떻게 보면 무모하다고 할 수 있는 선택이었지만 대남은 아버지를 말리지 않았다.

미래를 알아서가 아니다. 고난의 시대를 읽어본 이상 김동율 작가는 그만한 대우를 받기에 충분한 사람이었다.

"고맙습니다, 정말로 고맙습니다."

동율은 아버지의 제안에 목 놓아 울었다.

아직 고난의 시대가 정식 출간된 것은 아니었지만 자신의 아버지의 인생이 이토록 인정받는다는 그 사실 하나만으로도 뜨거운 눈물이 흘렀다.

손등 위로 떨어지는 그의 눈물은 분명, 칠 년 전 광주에서 흘린 눈물과는 달랐다.

하지만 단 한 가지, 자신의 아버지를 향했다는 점 하나는 같았다.

젊은 기자는 김동율 선생의 입에서 '황금의 혜안, 김대남 회장'의 이야기가 나오자 놀랄 수밖에 없었다.

대한민국 문단을 대표하는 원로의 입에서 나온 말이었기에 더욱 그랬는지도 모른다.

하지만 Acumen aureo라는 단어를 끝으로 김동율 선생은 더 이상 김대남 회장을 거론하지 않았다. 기자 또한 이미 특종을 잡았기에 더 이상 그 부분에 관해서는 캐묻지 않았다.

김대남 회장의 기적 같은 행보는 아직도 현재진행 중이었으니, 이 정도만을 가지고도 센세이션을 일으킬 만한 특종이 되었다.

기자는 자리에서 일어나기 전 마지막 질문을 하기 위해 숨을 골랐다. 이번 질문은 기사에 싣기보다는 기자 본인의 사적인 감정이 다소 들어간 것이었다.

"김동율 선생님, 저 또한 고난의 시대를 읽어본 독자로서 한 가지 질문을 드리고 싶은데 괜찮으시겠습니까?"

"괜찮습니다."

"고난의 시대라는 작품을 집필하실 때 어떠한 감정이셨는지 궁금합니다. 이제는 수학능력시험에도 고난의 시대가 지문으로 등장할 정도로 전 국민적인 도서가 되었는데, 저 또한 항상 읽을 때마다 문장이 주는 감동에서 벗어나지를 못하겠어서 말입니다. 이 정도로 글을 쓰려면 얼마나 많은 감정의 변화를 겪었을지 상상이 안 됩니다."

기자의 말에 김동율 선생은 고개를 주억거렸다. 그가 고개를 끄덕일 때마다 백발의 머리카락이 흔들렸다.

이미 지나가 버린 과거를 회상하듯 김동율 선생은 천천히 입을 열었다.

"……피해자도, 가해자도 없었습니다. 오로지 침묵하는 세상만이 있을 뿐, 젊은 시절의 전 그런 세상에다가 소리치고 싶었습니다. 여기 우리 아버지를 보아달라고."

연로한 김동율 선생은 고개를 떨어뜨려 자신의 손등을 바라봤다. 어느새 세월이 흘러 검버섯이 피고, 주름살이 잡히고 갈라져 세월의 흔적이 가득한 손등이다. 그 옛날 과거의 기억 속에 자리한 자신을 감싸 안았던 아버지의 손등보다도 이제는 더 나이를 머금었다.

때마침 창밖 너머로 겨우내의 끝을 알리는 봄비가 내렸다.

고난의 시대가 출간된 뒤 김동율 본인의 인생에도 봄비가 찾아왔다. 차디찬 과거의 기억이 녹아내렸고, 돋아나는 신념만큼이나 확신할 수 있는 게 하나 있었다.

"이제는 하늘에 계신 아버지도 기뻐하시겠지요."

말을 끝마친 김동율 선생의 입가에는 미소가 피어 있었다.

- 4장 -
과부하

　새해의 국운(國運)은 이달의 결단에 달려 있다.

　12월에 접어들자, 대선의 열기로 인해 대한민국은 후끈 달아올라 있었다.

　군부 정권의 종식을 알리는 해가 될 것인가, 문민정치의 초석을 다지는 해가 될 것인가. 국민의 선택에 나라의 명운이 달렸다고 해도 과언이 아니었다.

　이번 대통령 선거는 단순히 어떠한 사람을 뽑느냐의 문제가 아니었다. 국민의 손으로 대통령 직선제 가결이라는 역사에 이름 남길 만한 사건이었다.

　유신 정권 이래로 대한민국이 성장과 발전을 이룩해 온 것은 사실이나 그동안 탄압되고 억눌렸던 민주의 질서를 바로잡고 인권의 회복을 신장시키는 선거였다. 다만, 많은 사람의 염

원처럼 뜻대로 될지는 미지수였다.

아버지는 민주화 진영의 YS와 DJ의 단일화 결렬이 내심 안타까운 듯했다.

개표를 하기 전까지 결과는 알 수 없었다. 전문가들마저 박빙이라고 말할 정도로 제13대 대통령 선거를 확언할 수 있는 인물은 없었다. 물론, 대남을 제외하고는 말이다.

대남은 미래를 엿본 덕에 누가 대통령 자리에 오르는지 알고 있었다. 그렇기에 대선이 다가왔음에도 무덤덤했는지도 모른다. 미성년자라 투표권 자체가 없을뿐더러 향후 오 년간은 신군부 정권이 계속된다는 사실을 알았기 때문이다.

"누가 될 거 같으냐."

"아버지는 누가 됐으면 좋겠는데요?"

"나야 뭐, 말 안 해도 알지 않냐."

개교기념일이라 학교를 가지 않은 대남은 아침부터 아버지와 정치적인 담화를 나눴다. 부모 형제 사이에는 정치 이야기를 꺼내는 게 아니라고 했지만, 시대가 시대이고 대선이 코앞으로 다가왔으니 어딜 가도 정치 이야기가 화두였다.

또한 아버지는 〈고난의 시대〉 출간이 임박해 오자 설렘 반 긴장 반으로 하루하루를 보내는 듯했다.

그와 상반되게 어머니는 냉랭하셨다. 시아버지가 남겨주신 현물 자산의 상당 부분을 김동율 작가의 계약금과 아파트로

융통한 것 때문에 머리끝까지 돋은 화를 풀지 않으셨다.

딩동.

그 순간, 별안간 울리지 않던 초인종 소리가 들렸다.

대남이 자리에서 일어나 현관문으로 나섰고, 그곳에는 뜻밖의 인물이 있었다.

양가죽 무스탕을 입고 검은색 라이방을 낀 채 몇 가닥 없는 머리카락을 뒤로 넘긴 모습이 꽤나 치장에 공을 들인 듯했다. 바로 큰아버지셨다.

대남의 큰아버지는 군인 출신으로 현역 시절 군부 정권의 요직에 앉아 계셨었다. 전역을 하고 나서도 군대에서 쌓은 인맥으로 지역에서 여러 가지 사업을 벌여 꽤나 입김이 셌다.

1980년대는 퇴역 군인들에게 일거리가 많았던 시절이다. 그렇기에 큰아버지는 평생 돈 걱정, 법 걱정 해본 적 없는 양반이었다.

지역 경찰도 자기 앞에서는 꼬랑지를 살살 말며 긴다고 자랑스럽게 말하는 양반이라, 아버지는 큰아버지를 극도로 꺼려했다.

"왜 왔소."

"내가 동생 집에 못 올 이유가 뭐가 있냐. 넌 항상 나 볼 때마다 성난 진돗개처럼 으르렁거리던데 그 버릇 좀 고쳐라. 나이 먹고 자식 앞에서 그게 할 짓이냐."

"형님이 군인 됐을 때부터 우리 집안하고는 연 끊은 것 아니 었소. 아버지가 살아 계실 때도 매번 와서 한다는 이야기라고 는 출판 탄압을 자행한 정권의 칭찬이나 늘어놓았던 양반이."

"지난 이야기는 할 것 없고, 오늘 내 너 도와주러 왔다."

대남은 본의 아니게 거실에서 아버지와 큰아버지가 하는 이 야기를 함께 들을 수밖에 없었다. 큰아버지는 대남이 있다는 사 실을 개의치 않는 듯, 술술 현 정권에서 실행하는 부동산 정책 에 대해서 늘어놓았다. 물론 정확한 알맹이는 빼먹고 말이다.

"그 이야기를 나한테 하는 이유가 뭐요."

"돈 좀 빌려줘라. 아버지가 남기신 금양출판이라도 저당 잡 고 1억만 빌려서 나한테 줘봐. 내가 몇 년 안에 두 배, 세 배로 불려서 주마. 지금 자금을 끌어모으고는 있는데 이런 노다지 에 내 동생 내가 안 챙기면 누가 챙기겠냐."

평소 혈연이라고는 생각지도 않았던 양반 입에서 저런 말이 나오니 아버지는 기가 찬 모양이다.

강남의 고급 아파트인 은마아파트의 분양권이 오천만 원에 형성되어 있었다. 큰아버지는 무려 고급 아파트 두 채 값을 아 버지에게 종용하고 있는 것이다. 옆에서 보고 있던 대남마저 도 기가 차서 말이 나오지 않았다.

그 순간, 대남의 눈앞이 암전되었다.

좀 전의 큰아버지의 모습은 온데간데없고 미래의 대남과 아버지가 거실에 나란히 앉아 참외를 먹으며 이야기를 나누고 있는 모습이다.

대남은 그 광경을 허공에서 내려다보고 있었다.

먼저 말문을 연 것은 미래의 대남이었다.

"그나저나 큰아버지는 요즘 괜찮으시대요?"

대남의 물음에 아버지는 한숨을 크게 내쉬며 입을 열었다.

"다 자기 꾀에 제가 걸린 거지. 전 재산 탕진했다고 하더라."

"와, 만약에 그때 아버지가 큰아버지한테 돈 빌려줬더라면 우리 집까지 엮일 뻔했네요."

"그러게 말이다. 그 인간은 젊었을 때부터 아버지 속을 그렇게 썩이더니만 나이 먹고 나서도 변한 게 없으니. 나 원 참. 화병으로 지금 병원에 입원했다고 하더라."

아버지는 그렇게 말하며 바닥에 놓인 신문을 내려다봤다. 대남의 고개도 자연히 아버지의 시선을 따라갔다.

신문 한편에는 근래 벌어진 사건 사고를 다루고 있는 난이 있었는데 큰아버지와 연관된 사건도 있었다.

[현, 전직 군부 정권 인사들을 대상으로 부동산 사기 극성.]

기사의 내용은 단출했다.

[군부 정권의 현, 전직 인사들을 대상으로 고위직 공무원인 척 접근, 부동산 정책을 설파하며 서울 전역에서 계획적인 사기를 벌인 일당 검거 성공.

　위 일당은 허허벌판 지역을 개발 특수 구역으로 속여 고위직 공무원을 사칭, 떴다방 등을 불법적으로 운용해 수십억 원의 금품을 갈취한 혐의를 받고 있다.]

　신문 기사를 보는 것을 끝으로 세상이 다시 좌우 반전되었다.

　큰아버지는 아직도 줄기차게 아버지를 설득 중이었다. 반강제적으로 설득을 하는 모습에 대남도 어찌할 도리가 없었다. 가부장적인 큰아버지의 성격상 대남이 사기에 걸려들었다고 말한들 들을 리 만무했다. 오히려 어린놈이 뭘 아냐며 몇 대 맞지 않으면 다행이지.

　"내가 더러워서 네놈한테는 돈 안 빌린다! 대철아, 나중에 나한테 아쉬운 소리 하지 말거라. 무너져 가는 출판사 하나 붙잡고 있는 모습이 안쓰러워서 도와주려고 했는데…… 평생을 그렇게 책만 옆구리에 끼고 살다가 가라, 아버지처럼."

　결국 큰아버지는 언성을 높이며 자리에서 일어났다. 삽시간에 벌어진 일이었기에 대남 또한 어쩔 수가 없었다. 아버지는 체념한 듯 돌아가는 큰아버지의 뒷모습조차도 보지 않으려 했다.

'궁금하다.'

대남은 자못 궁금해졌다.

현 정권은 유신 체제의 붕괴와 함께 흔들리는 정치·경제적 위기 상황을 타파하기 위해 공공주택건설 및 택지개발계획안을 수립했다. 그 결과로 서울 전역에 아파트 건설이 계속되었고 주택 보급률 또한 상당수 올라갔다. 또한 86년 아시안게임, 88년 올림픽의 개최로 인해 잠실 근처의 부동산 가격이 기하급수적으로 올라갔다.

대선이 임박하기 전까지만 해도 TV에서는 연신 부동산 투자 열풍에 관해 전문가들이 나와 열띤 토론을 하고 있는 상황이었다.

대남은 혹시 초능력을 이용해 정부에서 추진하는 부동산 정책을 미리 엿볼 수 있을까 궁금해졌다.

하지만 초능력이 원하는 대로 튀어나오지 않았기에, 어떻게 발동을 해야 될지 몰랐다. 그저 마음속으로 '초능력아, 나타나라, 나타나라' 하고 요술 램프를 가진 알라딘이라도 된 양 읊조릴 뿐이었다.

얼마나 속으로 간절히 기도를 했을까. 정말로 대남의 눈앞이 일순 암전되었다.

'됐, 됐다……!'

흐릿했던 시야가 점차 컬러 TV처럼 선명해지기 시작했다.

대남의 눈에 비친 것은 지상파의 9시 뉴스였다.

-현재 국세청에서는 목동·서초동 등 최근 투기 조짐을 보이고 있는 지역에 관해 대대적인 투기 조사에 나섰습니다. 지난달, 국세청에 따르면 최근 목동 지역 신시가지의 임대 아파트 분양과 관련해 이동 복덕방 등 투기꾼이 몰려 최고 웃돈이 삼천만 원에 달할 정도로 극심한 투기 현상을 겪고 있습니다.

앵커의 목소리가 대남의 귓가를 파고들었다.

'이건 아니야.'

날짜를 확인할 방도는 없었지만 목동은 과거부터 신시가지 개발로 인해 땅값이 폭등하고 있었다. 1987년 당시에도 하늘 높은 줄 모르고 올라가는 목동 땅값을 대남이 투자할 수 있는 방법은 없었다.

'조금 더 미래로 가야 한다.'

대남은 정신을 집중했다. 이윽고 시야가 흐려지더니 또 다른 모습이 나왔다.

똑같은 지상파의 9시 뉴스였건만 이번에는 앵커가 달랐다. 대남 또한 처음 보는 남자 앵커였다. 그는 굵직한 목소리로 헤드라인 기사를 보도했다.

-90년대 판교는 '서울의 허파'라 불리며 인근 도시들과는 상반되게 아늑한 전원생활을 꿈꾸는 노년층에게 인기를 끌었던 도시입니다. 다만 판교 일대는 1976년도 남단 녹지로 묶이면서 그동안 줄곧 그린벨트에 준하는 행정 규제를 받고 있었습니다. 하지만 금년 1996년을 기점으로 판교 일대 신도시 개발설이 나돌기 시작해 건물에 수천만 원의 프리미엄이 붙어 거래되고, 토지 70% 정도가 외지인 소유가 되는 등 투기 붐이 일어났습니다. 이와 관련해 자세한 보도는 판교 현장에 나가 있는 이상혁 기자를 만나보겠습니다.

'……뭐, 뭐? 1996년?'

짧다면 짧을 수 있는 기간이지만 종잡아도 아직 구 년이나 시간이 남았다. 또한 판교가 정확히 신도시 개발로 확정되었다는 말이 없었다.

대남은 의아스러웠다. 지금 분당구 판교 일대는 그저 논밭으로 이뤄져 농사짓는 사람들이 모여 사는 촌이나 다름없었기 때문이다.

'좀 더 미래로 가보자.'

정말 판교가 신도시 개발로 확정되는지 알고 싶은 대남이 재차 미래를 엿보려 마음먹었다.

초능력을 두 번 연달아 쓴 것은 이번이 처음이었지만 마음만 먹으면 세 번도 가능할 것 같았다. 하지만 또다시 초능력을 쓰려던 대남은 일순 머릿속이 까매지는 것을 느꼈고, 곧장 정신을 잃었다.

머나먼 미래이자 과거. 천재 과학자 고요한의 저택.

고요한은 굽은 등을 한 채로 바삐 움직였다. 곧 있으면 타임머신의 에너지로 사용될 원자로들이 차례로 도착을 하기 때문이다.

"정말 좋군, 좋아!"

고요한은 어린아이처럼 입가에 함박웃음을 지은 채 지하실 내부를 누볐다.

수천 갈래의 가닥으로 이뤄진 타임머신을 어루만지는 그의 손놀림은 사뭇 어린아이를 쓰다듬는 부모의 심정과 같았다.

"내 인생의 역작! 역작!"

고요한은 타임머신을 어루만지다 말고 갑자기 고개를 돌려

주위를 살펴보고는 입을 열었다.

"그래, 내가 비밀 하나 알려줄까?"

힘없는 노인의 목소리가 아닌 장난기 가득한 아이의 소곤거림과도 같은 목소리였다. 누구에게 말을 하는지 모르겠으나 고요한은 계속해 허공을 바라보며 말을 이었다.

"이 타임머신이라는 게 보기에는 참 좋은데 말이지, 어떻게 보면 양날의 검이나 마찬가지야."

고요한은 양팔을 펴서 옆으로 넓게 펼쳤다.

"수많은 데이터를 섭렵해서 과거로 보낸다, 좋다 이거야. 한데 그걸 받쳐 줄 몸뚱이가 만약 지식이 일천한 무지렁이라면?"

아무도 없는 저택 지하실에서 고요한의 이야기는 계속되었다.

"보는 것마다 새로운 지식을 요구하게 되겠지. 한마디로 능력을 사용하게 될 컨트롤 타워가 무능하다면 결국 능력에 과부하가 걸릴 거야. 물론 난 과거에도 엄청나게 똑똑했으니 그럴 문제는 없지. 히히히히."

말을 끝마친 고요한이 등을 돌려 걸어가다 말고 갑자기 자리에 멈춰 서고는 천천히 뒤돌아섰다.

"그렇게 궁금해? 만약 과부하가 걸리면 어떻게 될지? 아주 천재적인 내가 그럴 일은 없겠지만 과부하가 계속 걸리다 보면 결국엔 암전이 되고 말 거야. 한마디로 퓨즈가 나간다는 말이지. 그렇게 되면 호스트는 어떻게 될까. 히히히."

이윽고 고요한은 손날로 자신의 목을 긋는 시늉을 했다.

"죽는 거지."

- 5장 -
목스 녹스

"이 환자 오늘로 삼 주째던가. 바이털은 괜찮나요? 특별한 건 없지요?"

"네, 선생님. 바이털 안정적으로 유지되고 있고 pupil reflex 도 있습니다. 그 외 별다른 특이 사항은 관찰되지 않았습니다."

"젊은 나이에 뇌출혈이라니, 김 간호사도 조심해요. CT상으로는 출혈량도 많이 줄었고 심부반사항진도 심하지 않고 빠른 회복을 보이는데 말입니다. 도통 깨지 않는 이유를 모르겠군요. 일단 경과를 좀 더 지켜봅시다."

대남은 한국대학 병원 NSICU(신경계 중환자실)에 삼 주째 입원 중이었다.

의료진 측에서는 지주막하 출혈로 인해 코일 시술 후 deep stupor 상태로 파악했으나 삼 주째 원인 불명으로 멘탈을 회복

하지 못하는 것을 보고 상태가 악화될까 우려하는 눈치였다.

"제발, 제발 우리 아들 살려주세요."

어머니는 하루도 빠짐없이 병실을 찾아와 대남의 손을 부여잡은 채 기도를 했다.

〈고난의 시대〉는 출간된 뒤 선풍적인 인기를 끌며 대박 행진을 이어갔고, 금양출판의 위상 또한 김동율 작가와 함께 하늘로 치솟고 있었다.

하지만 아버지의 기분은 좋지 않았다. 하나밖에 없는 아들이 식물인간이 될 수도 있다는 의료진의 진단 때문이었다.

'여긴 어디지…….'

정신을 차린 대남은 겨우 힘을 내어 주위를 둘러봤다. 소독약 냄새가 코끝을 찌르고 천장의 환한 전등이 눈을 절로 찌푸리게 했다.

몸을 일으키려 했지만 쉽게 일어나지지 않았다. 자세히 살펴보니 팔목과 목정맥에 굵은 바늘이 꽂혀 있었다. 그제야 대남은 자신이 병상에 누워 있다는 사실을 깨달았다.

미래의 부동산 정책을 엿보려다 정신을 잃었던 것이 기억났다. 또 꿈속에서 께름칙한 노인을 만났다.

마치 조현병에 걸린 것 같은 노인은 대남을 향해 연신 초능력에 대해 설명했다. 노인의 말이 그저 꿈속의 허상이라 치부하기에는 너무 섬뜩했다.

꿈속의 내용을 한마디로 축약하자면 '초능력을 강제적으로 많이 쓰면 죽는다'라는 것이다.

"저…… 도, 와, 주, 세, 요."

가뭄이라도 난 것처럼 갈라진 입술 사이로 메마른 쇳소리가 흘러나왔다.

때마침, 대남의 케어를 담당하던 간호사가 백케어를 하기 위해 병실을 찾았다가 그 힘없는 목소리를 들었다. 간호사는 토끼 눈을 한 채 대남이 누워 있는 병상으로 서둘러 다가왔다.

"김대남 씨, 정신 드세요? 김대남 씨!"

"네…… 정, 신, 들, 어, 요."

"잠시만 기다리세요. 바로 의사 선생님 불러드릴 테니까요."

대남의 시야에 다급히 멀어지는 간호사의 뒷모습이 보였다.

1988년 민정당의 대통령 후보였던 노태후가 민주당과 평민당, 그리고 공화당의 대선 후보를 따돌리고 제13대 대통령에 당선되었다는 활자가 신문과 뉴스에 속속 실렸다.

혹자들은 전두한 정권의 재신임이 아니냐며, 여태까지의 민주화 운동의 결과가 실패로 종지부 찍혔다는 것에 낙담했다.

그 결과, 노태후 대통령의 취임식이 이뤄지기 전까지 서울 전역에서 노태후 대통령의 퇴진을 요구하는 학생운동이 빗발쳤다.

하지만 한편에선 국민이 직접 뽑은 노태후 대통령의 당선을 축하하며 1988년을 화합의 장이라 말하는 이들도 다수 있었다.

그렇게 여러 가지 의견이 대립되던 새해에 대남은 병상에서 깨어났다.

삼 주 동안이나 중환자실 신세를 진 탓에 대남의 부모님은 어찌나 속을 태웠는지 몰골이 말이 아니었다.

원래대로라면 겨울방학 기간에도 학교를 나가는 것이 맞으나, 대남은 한동안 안정 조치를 취해야 한다는 의료진의 말 덕분에 방학 기간 내내 푹 쉴 수 있었다.

"대남아, 이것 좀 먹어봐라."

"이게 뭔데요?"

"개구리 뒷다리. 몸에 좋은 거니까 남기지 말고 먹어. 즙으로 만든 거야. 네 아버지가 너 그거 사주려고 한약방에서 새벽 댓바람부터 줄 서고 있었다."

부모님은 대남이 뇌출혈로 쓰러진 다음부터는 몸에 좋은 보양식은 뭐든 찾아내서 먹였다. 그 덕분에 대남은 본의 아니게 요즘 들어 부쩍 살이 올랐다. 앳된 외모도 점차 성숙해져 가고 있었다.

금양출판은 그야말로 '노났다!'라는 표현이 알맞을 정도로 불황인 출판 시장에서 황금빛 행보를 이어가고 있는 중이다. 〈고난의 시대〉의 증쇄 요청은 쇄도했고, 외신에서조차 관심을 가지며 스포트라이트를 비추고 있는 상황이었다. 집안의 사정이 부유해지는 것은 당연했다.

기준 금리가 15%를 상회하는 세상이었기에 은행 금리만으로도 돈이 무수히 많은 새끼를 쳤다. 멀리 나갈 것도 없었다. 서울 근교의 부동산을 사두기만 해도 근시일 내에 두둑한 목돈을 만질 수가 있었다. 학계에서는 현시대를 역사의 전환점이라 표현하며, 앞으로 급진적인 경제성장을 이룩할 것이라 평가했다. 한마디로 돈이 돈을 버는 세상이었다.

하지만 아버지는 돈에 얽매여 살아 나갈 사람이 아니었다. 할아버지가 그랬듯이, 아버지 또한 흙 속의 진주를 찾아 금양출판에서 출간하는 것이 삶의 목적이라 할 수 있었다. 〈고난의 시대〉를 출간한 것처럼 말이다.

물론 그간 수많은 실패를 경험했기에 어머니는 속물 아닌 속물이 될 수밖에 없었다.

작은방은 아버지의 서재로 활용되었는데, 서재 책상 위에는 항상 원고가 놓여 있었다. 신인 작가들이 집필한 소설들이었다.

금양출판이 고난의 시대로 대박 행진을 걷고 있는 뒤부턴 아버지 책상 위는 산더미처럼 가득 찬 원고들로 비빌 틈이 없을 정도였다.

대남은 항상 개방된 서재를 들락거리다 책상 옆에 떨어져 있는 원고를 발견했다. 평소 같았으면 주워서 책상 빈자리에 놔뒀을 테지만 빈자리가 없었다.

대남은 거실로 나와 조금 전 주운 원고를 펼쳐 보았다.

[목스 녹스: Mox Nox]

라틴어 계열의 제목이 원고 표지에 대문짝만하게 박혀 있었다.

'곧 밤이 온다. 모든 것을 마무리하라.'

대남의 머릿속으로 저도 모르게 라틴어가 해석되어 들어왔다.

또다시 정신을 잃을까 놀랐지만, 다행히 저절로 발현되는 초능력에 한해서는 뇌 내 충격이 없는 것 같았다.

대남은 한숨을 푹 내쉬고는 곧장 원고를 넘겨 보았다. 흥미가 동하는 제목은 아니었지만 내용만큼은 흥미로웠다.

배경은 1931년 경성이었다. 일제강점기 시절, 민족 말살기라고도 할 수 있는 시기였다.

태평양전쟁 등으로 인해 군수물자의 출자를 도맡던 조선의 정황상, 경제적 사정은 암흑기였지만 독립운동은 그 어느 때보다 치열한 시대였다.

목스 녹스는 신흥무관학교를 졸업한 여성 독립군 주성화의 일대기를 그리고 있었다. 혈혈단신으로 서울에 잠입, 테치루 총독을 암살하기 위한 그녀의 치열한 독립 투쟁이 원고에 적혀 있었다.

그녀에게 허락된 시간은 단 하루. 해가 저물기 전에 테치루 총독의 암살에 성공해야만 했다.

미명이 끝나기 전까지 그녀의 분투와 투쟁, 그리고 애환이 글 속에 담겨 있다.

'곧 밤이 온다. 모든 것을 마무리하라.'

"와……"

원고를 끝까지 읽은 대남은 탄성을 터뜨릴 수밖에 없었다.

"대남아, 뭐 읽고 있냐."

어느새 퇴근을 하신 아버지가 대남의 옆으로 다가왔다. 원고에 빠져 있느라 아버지가 퇴근하신 것도 몰랐다.

"아버지, '목스 녹스' 읽어보셨어요?"

"목스 녹스……?"

"이 원고 말이에요."

대남이 원고를 들어 아버지에게 보여주자 아버지는 옅은 탄식을 내뱉었다.

"아, 그 원고 말이냐. 읽어보다마다. 내용은 아주 흥미롭더구나. 사실 그건 출간이 목적이 아니라 영화사에서 투자를 목적으로 내게 제안한 거란다. 금양출판이 고난의 시대로 돈을 갈퀴로 쓸어 모으고 있는 것을 안 충무로가 움직인 거지. 한데……"

"그런데요?"

"아무래도 성공 가능성이 희박해. 충무로에서도 목스 녹스에 관해 투자를 하는 투자자들이 없단다. 홍콩 영화뿐만 아니라 저기 미국 할리우드에서 제작한 걸작 영화들이 속속 극장가를 차지하고 있는 마당에 주인공이 여자에다가 독립운동을 주제로 한 영화가 팔릴 거 같으냐."

아버지는 짐짓 아쉬운 듯 말을 덧붙였다.

"예술성은 몰라도 상업성은 떨어져. 더군다나 주연도 아직 확정되지 못했다더라. 그냥 감독이 발품 팔아서 각본을 출판사든 영화사든 보내고 있는 모양이더라고."

아버지의 말마따나 홍콩 영화가 주류를 이뤘던 극장가에는 이제 물 건너 할리우드에서 건너온 외신 영화들이 들어차고 있었다.

국내 영화로는 성인 멜로물 혹은 남성스러운 분위기가 풍기는 마초 영화가 대세였다. 여자가 주인공인 영화는 없었다. 더군다나 독립운동. 민감한 주제였고 아직까지 시도한 작품이 없었다.

아버지는 고개를 절레절레 흔들며 원고를 바라봤다.

"그 원고는 그냥 놔둬라. 어쩔 수가 없어. 시대를 잘못 만난 거지."

'시대를 잘못 만났다라……'

아버지의 말을 곱씹어 생각하던 대남이었다.

그 순간, 대남의 머릿속에 번개가 치며 또 다른 기억이 빨려 들어왔다.

'여긴 어디지……?'

대남의 의문과 함께 흐릿했던 시야가 점차 선명해지기 시작 했다.

기억의 초점은 한 사람에게 맞춰져 있었다.

아직 동이 트기 전 새벽녘의 미명 아래, 그는 수풀을 헤치며 발을 놀리고 있었다. 나뭇가지에 찔리고 이파리에 베이며 그의 몸 곳곳에 수많은 생채기가 났다. 다만, 상처를 돌볼 여력 이 없었다. 그가 뒤돌아본 순간.

쾅!

엄청난 굉음이 대남의 고막을 강타했다.

총탄이 빗발치는 소리와 함께 바람이 불었다. 이파리들이 춤을 추듯 떨었고 산새들이 놀라 도망쳤다.

바람결에 그가 쓰고 있던 모자가 날아갔다. 모자를 잡으려 했지만 이미 하늘 위로 치솟아 잡을 수 없었다.

이윽고 모자 속에 숨겨져 있던 기다란 머리카락이 모습을 드러냈다.

남자라고 생각했던 그는, 여자였다.

고운 외모와는 다르게 얼굴은 상처투성이였고 손은 험상궂었다.

쾅! 쾅!

일순 굉음이 다시 빗발쳤다. 총탄 소리였다. 마치 벼락이라도 치듯, 그녀 주위로 장총을 멘 사람들이 총탄을 쏘아대며 모여들고 있었다.

오른쪽 팔뚝에 일장기가 그려진 황색 순사복을 입은 그들은 분명 일본 순사였다.

허공에서 그 광경을 바라보고 있던 대남은 절로 입을 다물 수밖에 없었다.

가냘픈 여자 한 명을 상대로 산 초입부터 시작해 중턱까지 수백 명의 순사가 넓게 포위망을 구성한 채 옥죄어 오고 있었다.

"主星化、今すぐ武器を捨てて投降しろ!"

포위망을 좁혀오던 순사 중 제일 선봉에 선 이가 소리쳤다.

-주성화, 지금 당장 무기를 버리고 투항하라!

대남의 머릿속으로 일본어가 해석되어 들어왔다.

'주, 주성화!'

대남은 그제야 저 여인이 독립투사 주성화라는 사실을 알았다.

그녀는 마치 개미 떼처럼 몰려오는 일본 순사 무리를 보고는 체념한 듯 자리에 걸터앉아 사제 권총을 꺼내었다.

탕! 탕!

순사들을 향해 총구를 추켜세웠다. 갑작스러운 반격에 순사들은 급히 엄폐물을 찾아 몸을 숨겼다.

"主星化、今すぐ武器を捨てて投降しろ!"

또다시 투항하라는 소리가 들려왔다.

"개 같은 놈들."

그녀는 비릿한 미소를 머금으며 그렇게 화답했다. 이윽고 총알이 바닥을 드러냈다.

어느새 마지막 한 발만이 남았다. 그녀는 적을 향했던 총구를 자신의 관자놀이 쪽으로 돌려세웠다. 손은 떨렸지만 눈빛만큼은 그 무엇보다도 확신에 차 있었다. 마지막으로 그녀는 자신의 조국을 위해 외쳤다.

"대한 독립 만세!"

탕!

마지막 총소리와 함께 세상이 다시 좌우 반전되었다.

여태까지 초능력을 통해 미래만을 봐왔던 대남은 갑작스러운 과거의 등장에 놀랐다. 더군다나 마지막 장면은 아직도 뇌리를 떠나지 못했다.

주성화가 총구를 거꾸로 세운 채 '대한 독립 만세!'를 외치던 그 모습을.

"갑자기 왜 그러냐. 또 머리가 아파?"

"……아, 아니에요, 아버지. 뭐 좀 생각하느라고요."

"난 또 식겁했다. 대남아, 혹시 머리가 아프면 숨기지 말고 꼭 말해라. 의사 선생도 뇌출혈은 재발할 수도 있다고 조심하라고 신신당부를 하더구나."

"알겠어요."

아버지의 말에도 대남은 대답하는 둥 마는 둥 했다. 그만큼 주성화 의사(義士)의 숭고한 죽음은 충격적이기 그지없었다.

불현듯, 대남은 〈목스 녹스:Mox Nox〉의 각본을 집필한 이가 궁금해졌다.

"아버지, 혹시 '목스 녹스' 각본 집필한 작가가 누군지 아세요?"

"알다마다. 그 각본 들고 온 감독이 바로 작가다. 이름이 김장우라고 하던가. 이 작품이 투자를 못 받는 이유가 사실 감독에게도 없지 않아 있지."

"왜요?"

"감독 집안이 친일파라는 소문이 있거든."

"친, 친일파요……?"

"뭐, 소문이 그렇다는 거야. 근데 내 생각엔 터무니없는 소문 같더구나. 친일파가 독립운동을 주제로 한 영화를 만든다는 게 말이 안 되는 일이니 말이야. 그리고 김장우 그 친구 충무로에서 허드렛일 맡아서 일한다고 하더라. 친일파면 부자일 텐데 말이 안 되지."

때마침 저녁 식사 준비가 다 되었다는 어머니의 말에 아버지와의 대화는 거기서 그쳤다.

'목스 녹스라.'

모든 이야기가 꼬리에 꼬리를 물고 진행돼 가는 듯한 느낌이 들었다. 그렇지만 초능력을 강제적으로 다시 한번 더 쓸 깜냥은 없었다.

초능력의 부작용일까, 대남은 호기심이 부쩍 늘었고 기억력 또한 남들보다 좋아졌다.

날이 밝자마자 대남은 집을 나서 충무로로 향했다. 지난밤 내내 머릿속을 가득 메웠던 〈목스 녹스〉에 관한 비밀의 실마리를 찾고자 나선 것이나 다름없었다.

충무로라고 하면 이는 곧 한국 영화와 같은 의미로 통용된다. 충무로는 1960~1970년대 한국 영화 제작사의 상당수가 자리 잡고 있었던 영화의 거리였다. 충무로가 영화의 거리가 된 것은 영화 관객이 몰리는 주요 극장이 이곳에 몰려 있었기 때문이다. 단성사, 피카디리, 대한극장, 서울극장, 국도극장, 명보극장, 스카라극장 등 굴지의 개봉관들이었던 주요 극장이 충무로, 종로 일대에 몰려 있었다.

이에 영화인들은 관객의 추이와 이동을 알 수 있는 충무로 일대에 운집하기 시작했고 그들과 협력해야 하는 현상소, 기획사, 인쇄소들도 함께 번성했다.

<목스 녹스>의 작가 겸 감독, 김장우를 찾는 일은 어렵지 않았다. 그는 틈이 날 때마다 충무로에서 허드렛일을 도맡아 했다.

여기서 허드렛일이란, 영화제작에 전반적으로 필요한 소품이나 집기 등을 오토바이로 배달해 주는 잡부를 뜻했다. 급할 때는 사람도 실어 나르니 영화인들 사이에선 그들을 '오도방'이라고 불렀다.

오도방들은 보통 충무로 인근의 오토바이 가게에 상주했는데, 대남이 가게 몇 군데를 돌며 '김장우'를 찾으니 삼십 분도 되지 않아서 그를 만날 수 있었다.

"누가 날 찾는다고?"

"저기 학생이 장우 너 보러 왔다고 하던데."

가게 사장의 말에 김장우는 의문스러운 눈빛으로 대남을 바라봤다.

"안녕하세요, 김장우 씨. '목스 녹스' 잘 봤습니다."

대남의 입에서 목스 녹스라는 말이 튀어나오자 김장우의 의문스러웠던 눈빛은 이내 밝아졌다. 하지만 대남이 학생이라는 것을 깨달았는지 이내 힘없는 목소리가 이어졌다.

"날 왜 찾아왔니. 그리고 목스 녹스의 각본은 어떻게 본 거니."

"저희 아버지가 금양출판 사장이라서 제가 본의 아니게 봐 버렸어요. 그 점에 관해서는 죄송합니다. 그리고 여쭤보고 싶은 게 있어서요."

"됐다. 궁금한 건 집에 가서 어른들에게 물어보렴. 난 바쁘단다."

"……만약 제 궁금증을 풀어드리면 제가 아버지한테 말해서 어떻게 해서든 목스 녹스의 투자 지원을 부탁드려 볼게요. 많은 금액은 아니더라도, 소액이라도 말이에요. 꼭."

투자 지원이라는 말에 뒤돌아서려던 김장우는 발걸음을 멈춰 세웠다. 그러고는 머릿속에 여러 가지 고민을 거듭하는 듯하다 이내 한숨을 크게 몰아쉬었다.

"사장, 나 삼십 분만 이 앞 다방에서 쉬다가 올게."

길목 건너에 자리한 별다방에 도착한 김장우는 익숙한 듯 담뱃갑에서 연초를 꺼내 입에 꼬나물었다.

성냥으로 불을 붙이려던 찰나, 맞은편에 앉아 있는 대남의 모습에 장우는 고개를 흔들며 입에 문 담배를 회수했다.

"그래, 궁금한 게 뭐냐. 투자만 해준다면 내 뭐든 이야기해주마. 만약 이 모든 게 장난이라면 혼꾸녕날 줄 알고."

"각본에서는 결말이 나오지 않았어요. 주성화 의사가 끝내 순사의 손에 잡혔는지 안 잡혔는지 나오지 않는 열린 결말로 끝이 나죠. 한데 역사적으로 보자면 그렇지 않지 않나요?"

주성화라는 말에 장우는 눈을 짐짓 감았다 떴다. 흐리멍덩했던 표정이 이내 진지해졌다.

"죽지 않았으면 했다. 각본에서 나온 것처럼 주성화 의사가 일본 순사들의 포위망을 피해 산을 넘고 만주로 도망쳤으면 했기에 그렇게 적었다. 현실에서는 숭고한 죽음을 맞이했지만 영화에서만큼은 그녀가 죽는 모습이 나오지 않았으면 했다."

"그렇군요. 이건 어디까지나 제 사견인데, 그녀의 마지막이 보다 현실적으로 표현되는 게 낫지 않았을까요. 보는 이로 하여금 주성화 의사가 처했던 당시의 시대가 더욱 체감될 테니까요."

"그래, 당연히 그러는 게 좋겠지…… 다만, 어디까지 알고 온 건지는 모르겠지만 혹시 내 아버지가 친일파라는 소문을 들어봤냐."

"……네, 그런데 전혀 친일파 집안 같지는 않은데 말입니다."

"행색을 보니 그렇게 오해할 수도 있겠구나."

장우는 등 뒤의 소파에 몸을 눕듯이 기대었다. 그 탓에 소파가 한숨이라도 내쉬듯 뒤로 푹 꺼졌다.

"한 대만 피우마."

장우의 입에 물린 연초의 끝에서 연기가 피어올랐다. 담배 연기가 천장에 닿을 즈음이 되어서야 그의 입술이 떼어졌다.

"주성화, 최기현, 차욱, 강민한, 손원기. 이상 신흥무관학교를 동년에 졸업한 다섯 명의 독립운동가 이름이다. 다들 나라와 민족을 위해 일제와 맞서 싸우다 돌아가신 분들이지. 그거 알고 있느냐. 신흥무관학교를 졸업한 이들은 대개 짝을 이뤄 독립운동을 벌였지. 독고다이보다는 두 명이 나으니 말이야."

"주성화 의사는 홀로 테치루 총독의 암살을 꾸몄다고 알고 있는데요."

"처음에는 혼자가 아니었어. 원래는 신흥무관학교를 동년에 졸업한 인물이 한 명 더 있었지. 그녀의 살아생전 연인이었고 같은 독립운동의 길을 걸었던 사람. 그녀가 왜 테치루 총독의 암살에 실패하고 수백 명 일본 순사의 추적을 당해야 했는지 알고 있나."

"……."

"그녀의 연인이었던 신흥무관학교 졸업생 김장신, 그의 밀고 때문이었어. 야욕에 눈이 멀어 밀정 짓을 한 것이지. 그 때문에 주성화 의사는 모든 작전을 실행에 옮기기도 전에 순사들에게 추적을 당해야 했어. 그녀가 숨을 곳은 없었어. 모든 비밀 장소를 김장신이 불어버렸기 때문이지. 그녀는 죽는 그 순간까지도 자신의 연인이 배신했을 것이라는 의심을 하지 않았다고 하더군. 오히려 자신을 책망했겠지."

어느새 입에 물린 연초가 끝에 다다르고 있었다. 장우는 연초를 재떨이에 비벼 끄고는 마지막 말을 이었다.

"난 그녀에게 사죄하고 싶었어. 아버지를 대신해서 말이야."

"그 말은……."

"그래, 신흥무관학교를 졸업하고 일제를 도와 밀정 짓을 한 김장신이 바로 내 빌어먹을 아버지다."

- 6장 -
진화

　김장우는 다시 담뱃갑에서 연초 하나를 꺼내어 꼬나물었
다. 성냥개비로 연초 끝에 불을 붙이자 하얀 연기가 피어올랐
다. 고민에 잠긴 듯한 그의 모습에 대남은 잠자코 있었다.

　"난 한평생을 속죄하듯 살아왔다. 아버지가 한 잘못이라고
는 하지만 한 대로 지워질 만한 과오가 아니었으니. 그렇게 막
무가내로 살다 보니 연극판을 전전하게 되었고, 결국에는 이
곳 충무로까지 왔구나. 내게 남은 건 평생의 과오이자 분신인
목스 녹스밖에 없다."

　겨울 녘의 마지막 잎새처럼 김장우의 목소리에는 더 이상
힘이 없었다.

　"세상에 주성화라는 독립투사가 있었다는 사실을 알려야
지. 그래야 내가 죽어서도 그녀의 얼굴을 마주 바라볼 수 있

지 않겠니……."

마지막 잎새가 떨어지듯 희미한 목소리가 대남의 귓가를 파고들었다.

〈목스 녹스:Mox Nox〉를 집필한 김장우 감독이 친일파의 아들이라는 사실에 놀랐고, 그 아버지가 주성화 의사를 밀고한 밀정이라는 사실에 경악을 금치 못했다. 더군다나 둘은 연인 사이였다.

충무로에 갔다가 돌아오는 내내 대남의 표정은 밝지 않았다.

"어이, 장우. 학생이랑 무슨 이야기를 그렇게 오래 하고 온 거야."

별다방에서 대남과 헤어진 뒤 다시 오토바이 가게로 돌아온 김장우에게 사장이 물었다.

"고해성사하고 왔수다."

김장우는 대남이 말한 투자 지원을 백 퍼센트 신뢰치는 않았다. 오히려 고해성사라도 하듯 자신을 찾아온 고등학생에게 모든 것을 털어놓은 느낌이었다.

죄를 고백한다고 한들, 죄가 지워지지는 않을 테지만 가슴 속 깊이 응어리진 멍울이 조금은 가신 듯했다.

"아버지, '목스 녹스'에 투자 한번 해보시는 게 어떠세요?"

"목스 녹스……?"

"그때 보신 독립투사 주성화의 일대기를 그린 원고 있었잖아요."

저녁 식사 자리에서 대남이 때아닌 영화 투자 지원 이야기를 꺼내자 아버지의 표정이 좋지 않았다.

금양출판은 〈고난의 시대〉를 기점으로 날아올랐다고 해도 과언이 아니었다. 평소에는 직원들 월급 주기에도 급급했지만 금년은 성과급까지 지급할 정도였다.

한데 이런 상황 속에서 군이 검증되지 않은 모험을 할 필요는 없었다. 흙 속의 진주를 캐내는 게 금양출판의 목적이지만, 목스 녹스는 실험적인 성향이 강했다.

"곤란할 거 같구나. 아무래도 목스 녹스 자체가 가지는 흡입력은 강력하지만 시대를 잘못 타고났어. 1930년대 경성을 재구현하고 출연진을 섭외하는 데 무수히 많은 돈이 들 거다. 거기다 후시녹음에다 영상 촬영까지. 애비가 수천만 원 투자를 한다고 해도 제작 자금으로는 턱없이 부족하지. 더군다나 여자가 주인공인 영화는 우리나라 정서상 힘들어. 무산될 게야."

"……."

대남의 마음은 좋지 않았다. 김장우 감독에게 소액이라도 투자 지원을 받아내겠다고 호언했는데 아버지의 마음은 바뀔 생각이 없었다.

또한 아버지의 말마따나 목스 녹스를 영상으로 재구현하려면 수천만 원 가지고는 턱없이도 부족했다. 종잡아도 고급 아파트 몇 채는 투자해야 했다.

"그리고 시기가 안 좋아."

"시기가 안 좋다뇨?"

"씨받이로 베니스 간 임건택 감독님 알지, 그분이 이번에 대작을 준비하고 있다고 하더구나. 제목이 장군의 아들이었나……. 또 50년대를 배경으로 한 남부군에다 KAL 기폭사건을 다룬 마유미까지 요즘 충무로가 시끌벅적하다는구나. 돈을 투자받는다고 해도 영화 배역을 맡을 인물들이 없을뿐더러 세트장을 만들지도 못해."

서울올림픽을 기점으로 문화의 자유가 점차 허락되어 가고 있는 시기였다. 그 반향은 충무로에서 가장 먼저 확인할 수 있었다. 평소 민감했던 주제를 다루는가 하면 다이하드 등 터프한 할리우드 액션에 빼앗긴 대중의 관심을 되찾기 위해 남성미 물씬 풍기는 마초 영화를 제작하기에 이르렀다.

목스 녹스가 투자금을 유치하는 데 성공한다고 해도 배역을 맡을 영화인들이 없으니 말짱 도루묵이나 다름없다.

결정적으로 격동의 시대에 단연코, 여성 독립투사를 주제로

한 영화에 거액을 투자할 투자자는 없었다.

그렇게 김장우 감독과의 첫 만남이 있었던 그날, 대남은 성공의 달콤함보다는 실패의 쓴맛을 엿본 채 밤을 지새워야만 했다.

잔잔한 호수에 격한 파문이 일듯 다음 날이 되어서도 대남의 머릿속에는 〈목스 녹스:Mox Nox〉만이 떠올랐다. 일말의 호기심이라 치기에는 너무나도 강력해 마치 마력에라도 빨리는 듯한 느낌이었다.

분명 지난번 초능력을 사용해 〈고난의 시대〉를 찾아냈을 때와 비슷했다. 이윽고 결심을 굳힌 대남이 집을 나섰다.

1988년 대한민국의 금융자산은 여러 갈래의 방향에 따라 움직이고 있다.

재산 증식의 안전, 환전성을 고려해 저축을 하는 이들이 있는가 하면 급격히 변화하는 수도권 전역의 땅값을 고려해 부동산 투자를 하는 이들도 있었다.

또한 주가가 급상승 경계 지수를 넘어서면서부터는 주식투자에도 사람들이 손을 뻗치기 시작했다.

선진국인 미국을 뒤따라가듯 실물 자산이 우선이었던 시대는 지나가고 주식이나 채권 같은 금융자산이 각광받는 시대가 도래한 것이다.

하지만 미성년자인 대남이 돈을 벌 수 있는 방법은 없었다. 주식투자야 미성년자도 할 수 있다고는 하지만, 주식에 관해 지식이 일천한 대남이 섣불리 뛰어들기란 무모한 짓이었다. 더군다나 종잣돈도 없다.

결국 남은 종착지는 다름 아닌 금양출판이었다. 파주 출판 단지에 위치한 금양출판은 대남의 집에서 족히 한 시간은 넘는 거리에 있었다. 〈고난의 시대〉를 발간하기 전까지만 해도 적자에 허덕이던 금양출판이 마지막으로 선택한 보금자리였다. 출판 유통 구조의 현대화를 꿈꾸는 출판인들이 모여 조성한 단지답게 책과 관련된 조형물과 나무가 울창한 곳이다.

대남의 아버지, 김대철은 갑작스레 아들이 직장까지 찾아오자 놀란 눈치였다.

"갑자기 애비 일하는 곳까지는 왜 왔냐."

"투자 좀 받으려고요."

"무슨 자다가 봉창 두드리는 소리냐."

"아버지, 금양출판 직원들 이번 고난의 시대로 성과급 받았죠."

"받았지. 여태껏 한 번도 주지 못한 게 미안해서 내가 통 크게 줬다."

"'고난의 시대'를 금양출판에 물어다 준 까치가 누굽니까."

"……아무래도 대남이 너 아니겠느냐. 너 아니었으면 고난의 시대는 다른 출판사에서 출간했거나 아예 사장되었을 텐데, 생각만 해도 끔찍하구나."

아버지는 진심으로 미간을 찌푸렸다. 고난의 시대를 출간하지 못했다면 금양출판은 올해를 넘기기 힘들었을 정도로 경영난에 시달리고 있었다.

"저도 성과급 주시죠."

"뭐……?"

대남의 입에서 성과급이라는 말이 나오자 아버지는 말꼬리를 흐렸다.

"그래, 생각해 보니 줘야겠구나. 얼마를 원하냐."

"이천만 원, 그 정도는 받을 자격 있다고 생각합니다."

"이, 이천만 원?"

이천만 원, 끽해야 몇만 원을 생각했던 아버지는 화들짝 놀랐다.

하지만 〈고난의 시대〉는 그야말로 대남이 손수 캐낸 작품이나 마찬가지였다.

출간을 한 것은 금양출판이었지만 김동율 작가라는 원석을 알아챈 것은 대남이었다. 가족이라고 하더라도 충분히 그에 합당한 금액을 지불해야 한다고 아버지는 생각했다.

"좋다, 그 돈 주마. 사실 고난의 시대가 빛을 발한 이유는 다름 아닌 대남이 너 때문이었으니 말이야. 한데 하나만 묻자. 고등학생이 그런 거액을 어디다 쓰려고 그러는 거냐. 네놈 성격에 여자 친구가 있을 리 만무하고 말이야. 금전의 용도가 불명확하다면 성인이 되기 전까지 그런 거액은 너에게 못 준다."

대남은 속으로 쾌재를 외쳤다. 아버지는 한번 한 말씀을 도로 담는 성격이 아니셨다. 대쪽 같은 성정 탓에 금양출판이 적자를 면치 못했지만 계속해서 존재한 이유기도 했다.

이윽고 대남의 입에서 강동 6주를 개척한 서희의 외교담판만큼이나 단호한 직언이 나왔다.

"'목스 녹스'를 재현할 겁니다."

이천만 원. 고등학생뿐만 아니라 성인에게도 거액이었지만 영화를 제작하기란 새 발의 피만큼이나 부족한 돈이다. 한데 이 돈으로 어떻게 〈목스 녹스:Mox Nox〉를 재현할 것인가.

아버지의 표정에는 의문만이 가득했다.

"이천만 원 가지고 도대체 어떻게 '목스 녹스'를 재현할 수 있다는 말이냐."

대남의 입가에 알 수 없는 미소가 떠올랐다. 근래 들어 대남의 성적이 수직 상승하고 성격 또한 많이 바뀐 모습이 아버지의 눈에 띄었다. 나쁘지 않은 변화였고, 그 결과 오히려 금양출판에 〈고난의 시대〉를 선물해 줬다.

하지만 그래도 이해가 되지 않았다. 이천만 원으로 도대체 어떻게 〈목스 녹스:Mox Nox〉를 재현할 수 있을까. 아버지의 표정은 의문으로 가득했다.

"아버지, 현재 목스 녹스가 투자자들에게 인기가 없는 이유는 아무래도 상업성이 뒤떨어지기 때문이겠죠."

"아무래도 그렇지. 독립운동가를 주제로 꾸민 영화가 예술성은 인정받을 수 있을진 몰라도 흥행성은 떨어지게 마련이잖니. 더군다나 주인공이 여자이고."

"만약 영화를 제작하기에 앞서 대중에게 상업성과 예술성을 동시에 각인시킬 수 있다면요."

"어떻게?"

"상상이 현실이 되는 곳은 비단 영화만 있는 것이 아니죠. 아버지께서 목스 녹스의 판권을 사신 다음 김장우 감독을 기용해서 연극판을 다시 살려보는 게 어떨까요."

1981년 〈공연법〉이 개정되면서 연극계는 양적 팽창을 이뤘지만 질적으로는 팽창이 아닌 답보와 퇴보를 거듭했다.

대남은 〈고난의 시대〉가 메마른 출판 시장에 황금빛 줄기가 되었다면, 〈목스 녹스:Mox Nox〉는 분명 답보하는 연극계에 활로를 꿰뚫는 등대가 될 것이라 직감했다.

"너도 알다시피 동숭동 일대와 신촌에 수십여 개의 소극장이 있지만 졸속 작품들로 줄지어 세웠다고 해도 과언이 아닐 정도로 망가진 것을 알고 있지 않냐. 애비도 출판사를 하는 터라 종종 연극계에서 후원 문의를 받고는 하는데 영 아니올시

다다."

"그래서 연극을 선택했어요. 떨어지는 태양은 언젠가 다시 올라가게 마련이에요. 불황이었던 출판 시장도 김동율 작가 덕분에 다시 기지개를 켜고 있잖아요. 누가 알아요. 목스 녹스 덕분에 연극계가 다시 성황을 이룰지."

"김장우 감독은 그렇게 생각할 거 같으냐."

"저야 모르죠. 연극판에서 썩었다라고 표현할 정도로 경험이 있는 거 같기는 하던데, 만약 이 제안을 거절한다면 그 사람의 운명과 목스 녹스의 운명이 교차하지 않는다는 것이겠죠……."

대남은 뒷말을 삼켰다. 초능력을 이용해 〈고난의 시대〉라는 역작을 발굴했듯이 〈목스 녹스:Mox Nox〉 또한 미명 속에 가려진 태양 같았다. 아직 대한민국은 독립운동 영화에 관해선 전망이 어두웠다.

과연 목스 녹스가 미명을 뚫고 하늘 위로 치솟는 태양이 될지, 새벽녘의 이슬로 산화할지는 그 누구도 모르는 사실이었다.

"그래. 목스 녹스 이야기는 여기까지 하도록 하자. 그건 그렇고, 금양출판으로 신인 소설들이 상당수 들어왔는데 지난번같이 흙 속의 진주를 찾아낼 수 있겠냐. 한번 읽어봐라."

"……네?"

아버지는 대남이 마음이라도 바꿀까, 서둘러 원고 뭉텅이를 가지고 나왔다.

작금의 금양출판은 파주 출판 단지에서 가장 뜨거운 이슈로 부상한 곳이다. 〈인간시장〉 이후로 다시 베스트셀러를 넘어서 스테디셀러까지 아우를 수 있다고 평가받는 〈고난의 시대〉를 발간했지 않나. 더군다나 신인이었던 김동율 작가에게 작품 하나만을 보고 원로 작가급 대우를 해줬다는 소문도 있어서 문인들에게 그 인기는 천정부지로 치솟았다.

"신춘문예 등단해서 출간 의뢰가 들어온 장편집도 있고 아예 신인 작가들 작품도 있다. 일단 내가 일차적으로 검토는 끝냈는데, 혹시나 놓친 작품들이 있을까 싶어서 여러 개 더 들고 와봤다. 한번 읽어보고 느낀 바를 말해다오."

"……."

"김동율 작가도 사실 내가 처음에 초짜라고 치부하며 팽을 놓았던 사람 아니냐. 그런 원석을 대남이 네 안목으로 찾아냈으니 이번에도 한 번 부탁해 보마. 초심자의 행운이라 치기에는 금맥을 찾아낸 것이나 진배없었으니 말이지."

아버지는 대남에게 원고들을 건네며 소파에 몸을 기대었다. 대남은 금맥을 찾는 광부라도 된 양 원고들을 바라봤다. 호기심보다는 기대감이 일었다. 만약 이번에도 막장 속에 숨겨진 역작을 찾아낼 수만 있다면 그야말로 대남은 미다스의 손이나 마찬가지였다.

얼마나 시간이 흘렀을까. 대남이 원고들을 훑어 읽었지만 초능력은 발현되지 않았다. 일말의 기대감이 허탈감으로 전락하는 순간이었다. 다만 그렇다고 해서 대남이 아버지에게 이 작품들에 관해 왈가왈부할 수는 없었다.

누군가에게는 인생이고 삶의 목적일 만큼이나 원대한 희망이 담긴 글귀다.

"아직 모르겠어요."

"모르겠다면 고난의 시대 같은 작품이 없다는 말이냐."

"신춘문예에 등단한 문인들의 한과 신념이 담긴 글들을 한낱 고등학생인 제가 평가할 건 아니죠. 제 눈보다는 아버지 안목이 더 확실하실 텐데요. 저야 뭐 소 뒷걸음치다 쥐 잡은 격 아니겠어요. 뭐 쥐가 아니라 황금이었지만."

"……그래, 네 말도 일리가 있구나. 애비도 혹시나 해서 물어본 거니 그렇게 마음 쓰지 않아도 된다."

대남이 고등학생이라는 사실을 새삼스레 깨달았는지 아버지는 머쓱해 보였다. 사실 적자에 시달리던 금양출판이 〈고난의 시대〉를 통해 날개를 달아 아들에 대한 기대감이 더욱 커졌다고 볼 수 있다.

"그나저나 엄마가 이번에 땅을 사려고 한다는데 어딜 사면 좋겠냐. 노후에 전원생활 하기 좋은 대지를 미리 알아보고 있

다고 하던데 말이야. 보금자리가 바뀌는 문제니 너에게도 물어
봐야겠지."

자리에서 일어나려던 대남에게로 아버지가 지나가는 듯한
말투로 물었다. 전원생활을 하기에 안락한 장소라, 대남의 머
릿속에 여러 가지 장소가 스쳐 지나갔다.

"판교가 좋겠어요."

말 한마디로 인생이 달라지듯, 재산도 달라지게 마련이다.

대남은 황금 알을 낳는 거위가 맞았다.

충무로의 잡일꾼 '오도방'들은 요즘 눈코 뜰 새 없이 바빴다.
임건택 감독의 작품 〈장군의 아들〉 때문이었다. 1930년대 종
로 거리를 재현하기 위해 일억 오천만 원을 투자했을 정도로
시작부터 입소문이 퍼진 대작이었다.

세트장에 필요한 자재들을 나르던 잡부 중 상당수가 오도방
과 영화에서 단역을 맡아 하던 영화인들이다. 무명의 영화인
들은 혹시나 출연팀의 눈에 띄어 단역으로 기용될까 싶은 마
음에 일거리를 자청한 까닭도 있었다.

김장우는 오토바이에 걸터앉은 채 허망한 모습으로 준공되
어 가는 장군의 아들 세트장을 바라봤다.

같은 시기를 배경으로 하는 영화답게 자연히 목스 녹스가 머릿속에 떠올랐다. 그리고 깊은 한숨으로 아쉬움을 달랠 수밖에 없었다.

"김장우 씨?"

"……누구십니까?"

장우는 갑작스레 뒤에서 들려오는 목소리에 고개를 돌렸다. 그곳에는 불혹의 연배로 보이는 남성이 서 있었다. 넉살 좋은 미소에 반해 날카로운 눈매가 분명 어디서 본 듯한 얼굴이다.

"반갑습니다. 저 금양출판의 김대철 사장이라고 합니다."

"아……! 반, 반갑습니다. 몰라봐서 죄송합니다. 경황이 없다 보니."

"뭐 실제로 만난 적도 없는 사이니 그럴 수 있겠죠. 제 아들 녀석이 며칠 전에 김장우 감독님을 찾아가서 투자 지원 이야기를 꺼냈다고 하던데 말입니다."

장우는 그제야 김대철 사장이 며칠 전 자신을 찾아왔던 고등학생의 아버지라는 사실을 기억해 냈다. 당시에는 흘려들었던 투자 지원 이야기가 금양출판의 대표 입에서 다시 흘러나오니 체감이 달랐다.

"금양출판은 본래 책을 출간하는 출판사입니다. 투자자의 개념이 아니지요. 물론 전 도서 출간을 제외한 문화 예술계의 전반적인 상황에 대해선 문외한이나 마찬가지입니다. 다만 다들 표현의 자유를 탄압당했다는 사실만은 압니다. 이런 상황 속에서 '목스 녹스'라는 작품을 집필하신 김 감독님께 경외감이 들었습니다."

장우는 김대철의 말이 이어질수록 침을 삼켰다. 목울대가 출렁이고 긴장한 기색이 역력했다. 그의 말 한마디에 목스 녹스가 영상화될 수 있을지 없을지 초석이 깔리는 것이나 마찬가지였기 때문이다.

하지만 이어진 김대철의 말에 장우는 심장이 덜컹했다.

"금양출판에서 '목스 녹스'에 관한 판권 일체를 사고 싶습니다."

"판권을 말씀이십니까? 그 말인즉 목스 녹스를 영화가 아닌 책으로 발간하겠다는 말씀이신가요?"

"저희는 자선 사업가가 아닙니다. 목스 녹스를 지금 당장 영상화시킨다고 한들 흥행이 보장되지 않는다는 사실을 김 감독님께서 더욱 잘 아실 텐데요. 그래서 전 제안을 하고 싶습니다. 목스 녹스의 도서출간은 저희 금양출판에서 맡아 할 테니, 영화가 아닌 연극 제작을 김 감독님께서 맡아 해주셨으면 합니다."

장우는 고민을 거듭했다. 확신이 없었기 때문이다. 사실 제삼자의 눈으로 보자면 장우는 고민할 필요가 없었다.

이 시대에 목스 녹스 같은 독립운동가를 그린 작품의 판권을 살 만한 기업인은 없었으니, 더군다나 영화가 아니더라도 연극 제작까지 투자해 준다고 한다.

그래도 장우는 망설였다. '목스 녹스'는 자신의 인생을 집대성한 작품이나 다름없었다. 한과 슬픔으로 점철되었던 각본은 어느새 칡뿌리만큼이나 복잡스럽게 장우의 마음을 옭아매고 있었다.

"김장우 감독님께선 목스 녹스가 중요하십니까, 돌아가신 주성화 의사가 더 중요하십니까."

그 순간, 낭랑한 목소리에 장우의 상념이 깨어졌다. 김대철의 뒤에서 한 청년이 걸어 나오고 있었다. 며칠 전 자신을 찾았던 고등학생, 대남이었다.

"주성화 의사를 기리기 위해서라면 수단과 방법을 가리지 말아야죠. 기회는 항상 사람의 곁을 스쳐 지나갑니다. 준비된 자만이 그 기회를 잡을 수 있죠. 김장우 감독님께선 아직도 준비가 덜 되신 겁니까!"

도대체 그동안 뭘 고민했던 것일까.

주성화 의사를 기리기 위해서라면 수단과 방법을 가리지 말았어야 했는데.

비수가 날아들 듯, 대남의 날카로운 목소리가 장우의 가슴을 파고들었다.

사랑하는 연인을 배신하고, 민족의 배반자가 되었던 밀정. 김장신.

　야욕에 눈이 멀어 일제의 앞잡이가 되었을 때, 난 인간이길 포기했다.

　다만, 스쳐 지나오고 나니 한평생을 후회와 한탄 속에 얽매여 살았더랬다.

　늙은 나이에 본 아들에게 해줄 만한 격언은 없었다.

　이 애비처럼 살지 마라, 그 말밖에 없었다.

　-친일인명사전에 등재된 故김장신의 회고 中-

"고맙다. 네 말 덕분에 머리가 차가워지는 기분이다."

김장우는 진심으로 대남을 향해 고마움을 표시했다. 대남의 말마따나 주성화 의사를 기리기 위해서는 수단과 방법을 가리지 않았어야 했다.

여태껏 왜 〈목스 녹스:Mox Nox〉를 영화로만 제작하려고 그렇게 목을 맸을까, 책으로 만들고 연극을 하고 대중의 이목을 끌 수만 있다면 그것이야말로 주성화 의사를 기릴 수 있는 방법인데 말이다. 과거의 자신이 바보스러웠다.

"좋습니다. 그렇게 하도록 하죠."

장우는 김대철의 손을 마주 잡았다. 마주 잡은 손아귀에는 힘이 가득했다. 아버지는 기분 좋게 웃어 보였다.

모름지기 집필한 작가의 집념과 신념이 깃들어간 작품은 언젠가는 빛을 발하게 마련이다. 이번에는 아들의 뜻에 따라 목스 녹스의 판권을 사들인 것이지만, 나쁘지 않은 선택이란 생각이 들었다.

김장우 감독과 아버지는 파주 출판 단지에 자리한 금양출판으로 향했다. 판권 계약과 관련한 자세한 조항 등을 서면으로 확인하기 위해서였다.

김장우 감독은 계약을 끝마치는 대로 동숭동 일대와 신촌을 누빌 생각이라고 했다.

80년대 졸속 작품들의 연이은 행렬로 인해 분열된 연극계는 이렇다 할 원로 배우들이 없었다.

1987년 6월 항쟁 이후 노동자들을 대변하는 노동 연극이 마당극의 주를 이루어 질적 발전을 꾀할 뿐이었다.

이런 상황 속에서 〈목스 녹스:Mox Nox〉를 제대로 무대 위에 재현하기 위해서는 먼저 주연배우를 찾는 게 우선이었다.

과연 주성화 의사의 역할을 맡게 될 여배우가 누가 될지, 몹시 궁금했다.

"'목스 녹스'가 무대 위에 오르게 되면 제일 먼저 너에게 보여주고 싶다."

"말씀만이라도 감사하네요. 각본대로만 무대가 꾸며진다면 그야말로 대작이 따로 없겠어요. 연극판이 충무로를 이기는 모습도 한 번 봐야 되지 않겠어요?"

"그래, 사내라면 그 정도 포부는 있어야겠지."

과연 대남의 말대로 〈목스 녹스:Mox Nox〉가 침체된 연극판의 한 줄기 태양이 되어 충무로의 아성을 무너뜨리고 국민의 심금을 울릴 수 있을지, 그건 시간이 흘러봐야만 알 수 있었다.

시대는 급변하고 있었다. 지난해 말 제13대 대통령으로 노태후 대통령이 당선되었고, 금년 2월 말에 이르러서야 임기가 끝난 전두환이 물러나고 노태우 대통령의 취임식이 거행되었다.

격동의 시대를 보내었던 시민들의 입장에선 먼 훗날의 꿈처럼 그려졌던 신구 대통령의 이·취임식을 두 눈으로 목도하게 된 것이다.

바야흐로 노정권(盧政權)의 출범이었다.

취임식이 끝이 났지만 퇴진을 촉구하는 항의는 줄어들 기세가 보이지 않았다. 직선제를 통한 16년 만의 민주주의 쟁취였지만 아이러니한 상황이었다.

민정정치의 초석을 이대로 망칠 수 없다는 운동권 학생들의 항의가 거셌다. 결과적으로 고교생 중 강제 전학을 당하는 이가 상당수 발생했다.

새 학기를 앞두고 오랜만에 영출이 집까지 찾아왔다. 영출의 말에 따르면 반장 도욱환이 학생운동을 하다 강제 전학을 당했다고 한다. 초능력을 통해 미래를 엿본 것처럼 도욱환은 '서울지역고등학생연합회'의 대표를 맡아 했다.

"그나저나 너 머리는 괜찮냐?"

"괜찮다."

"학교에서도 말 많았다. 너 갑자기 공부 열심히 하다가 머리 터진 거라고. 그러니까 내가 공부 작작 하라고 했잖냐."

영출의 시답잖은 소리에 대남은 마른 웃음을 지어 보였다. 사실 초능력을 남용하다 뇌혈관이 파열된 것이었으니 영출의 말이 틀린 말은 아니었다.

"대남아, 난 대학만 가면 노래할 거다."

"갑자기 무슨 소리냐."

"나도 조영필 같은 가수가 될 수 있다고, 짜샤. 며칠 전부터 기타도 사서 배우고 있다. 아무리 생각해도 난 펜대 굴릴 놈이 아니라 초크 잡을 인생 같다."

"허."

영출은 어디서 가져왔는지 모를 검은 피크 하나를 매만지고 있었다. 그 모습이 사뭇 진지해 대남은 딴죽을 걸지 않았다.

사실 서울 전역의 사 년제 대학교만 무사히 졸업할 수 있다면 취업에는 문제가 없었다. 현재 대한민국의 기업들은 급진적인 경제성장과 함께 인력난을 겪고 있었다.

서울 전역 대학교 캐비닛에는 화염병과 학생운동을 위한 플래카드가 가득했고, 데모 탓에 휴강도 자주 했지만 과방에는 항상 대기업 입사 지원서가 굴러다녔다.

"그나저나 요즘 학교 공부는 하고 있냐. 담임이 네 걱정 이 만저만이 아니던데. 성적이 하늘을 찌르며 올라가던 놈이 갑자기 머리를 다쳤으니 말이야."

"걱정할 거 없다. 지금 시험 쳐도 너보다는 성적 잘 나올 거다."

초능력을 이용해 공부를 했던 지난날의 습관은 버렸다. 초능력을 남발하다 뇌혈관이 또다시 터지는 현상을 막기 위해서였다.

하지만 대남은 신체의 변화를 겪어야 했다. 정확히는 두뇌의 변화였다. 진화(進化)를 겪었다 표현할 정도로 기억력이 월등히 향상되었다. 분명 일반인의 범주는 아니었다.

하물며 호기심도 늘었다. 마치 어린아이처럼 세상만사에 관심을 가지기 시작했다.

평소에는 이해 못 할 수리·도식을 집요하게 파내어 공부하는 것은 물론이고, 외국어의 경우 자동으로 해석돼 들어오니 원어민에게 과외를 받는 것이나 마찬가지였다.

그런 것도 모른 채 영출은 의기양양한 표정이다.

"인마, 내가 요즘 과외받는 거 말 안 했냐. 이래 봬도 요즘 담임한테 가장 신임받는 인물이 바로 나다. 신학기 시작되고 나서도 초심 잃지 말아달라고 신신당부를 하신다. 이래도 다쳐서 몇 달 동안 공부 못 한 네가 날 이기겠다고?"

"못 믿겠으면 수학의 정석 펼쳐서 페이지 수 불러봐라."

"새끼, 고집하고는. 그래, 72페이지!"

영출은 대남의 고집을 꺾어주겠다는 생각으로 곧장 수학의 정석을 펼쳐 보았다.

대남은 곰곰이 생각을 거듭하다 모나미 펜과 공책을 꺼내었다. 이윽고 공책 위로 펜대가 춤추듯 움직였다.

[a 이상 b 이하의 실수를 모은 집합을 닫힌 구간 [a, b]라 부른다. 이 구간에서 연속 함수 f(x)를 생각하는데, 함숫값 f(x)가 0 이상인 경우를 먼저 생각하기로 하자. 이때, 구간 [a, b]에서 f(x)와 x축으로 둘러싸인 영역의 넓이를 구하는 게 목표다. 구간 [a, x]에서 f(x)와 x축으로 둘러싸인 영역의 넓이를 F(x)라 하자. (중략)…… 이를 미분하면 원래 함수 2x를 복원할 수 있음을 확인하길 바란다. 여기에서는 f(x)가 0 이상인 경우만 다뤘지만, f(x)가 음수값을 갖는 경우 x축 아랫부분의 넓이는 음수로 간주할 경우 역시 F'(x)=f(x)가 성립한다는 것도 보일 수 있다.]

오랜 시간이 걸리지 않았다, 십 분도 채 되지 않아 대남은 앉은자리에서 수학의 정석 한 페이지를 똑같이 필사해 보였다. 물론 책을 보지 않고 순전히 기억에만 의존해서 말이다.

"미, 미쳤어."

영출은 대남이 건넨 공책을 뚫어져라 바라봤다. 미적분에 관한 기본 정리 파트라 어려운 내용은 아니었지만 토씨 하나 틀리지 않고 필사하기란 여간 어려운 게 아니다.

더군다나 페이지 수만을 듣고 내용을 바로 기억해 내다니, 수학의 정석 저자인 홍성대 씨가 온다고 해도 가능할까 싶은 일이었다.

"……너, 진짜 내가 아는 대남이 맞냐? 외계인 아니지?"

"맞다, 이놈아."

범인의 기억력이 초로를 머금고 싹을 트기 시작한 유목(幼木)이라면, 대남의 기억력은 하늘에 맞닿을 정도로 높이 솟아난 고목(高木)이었다.

"허, 내 생에 처음으로 한국대학생 친구를 두게 생겼네……."

그 믿기지 않는 광경에 영출은 부럽다는 듯이 읊조렸다.

- 7장 -
친구라는 이름

　서울올림픽의 개최로 인해 1988년은 그 시작부터 달아올라
있었다. 푸른 하늘이라는 그룹 가수가 데뷔해 인기를 끌었는
가 하면, 프로 권투 선수 문정길이 세계 권투 협회(WBA) 밴텀
급 챔피언 타이틀을 획득해 고교생들 사이에서 권투 붐이 불
기도 했다.

　일탈도 잠시, 고교생들은 인생의 첫 번째 관문인 '학력고사'
를 무사히 통과하기 위해 밤낮없이 열심히 공부를 했다.

　"대남아, 이거 이렇게 푸는 거 맞냐."

　영출이 수학의 정석을 들고 와 의자에 앉아 있는 대남에게
물었다. 학년이 바뀌었지만 반은 여전히 같았다.

　근래 들어 영출은 공부에 박차를 가하고 있었다. 아무래도
대남의 영향을 받은 것일 터. 나쁘지 않은 변화였다.

고등학교에선 88서울올림픽이 다가올수록 학생들의 일탈에 대비해 만전을 기했다. 혹여나 그릇된 일탈로 인해 본교의 명성에 먹칠을 하거나 학력고사에 악영향을 끼칠까 염려되어서였다.

또한 학년이 오르자 담임선생님이 호랑이 선생으로 바뀌었다. 호랑이 선생 덕분에 대남의 반은 높은 학구열 속에 살아야 했다.

그러나 대남은 학교 공부에 관해서는 꽤나 자유로운 편이었다. 삼 학년에 올라오고 나서도 대남의 성적은 꺾일 기세를 보이지 않았다. 그 탓에 호랑이 선생뿐만 아니라 교장 선생님에게도 과도한 관심을 받았다.

자율 학습 시간에 대남은 학력고사와 관련된 공부가 아닌 전문 서적들을 읽었다.

낭랑 십구 세, 세상만사 재밌는 것들이 이렇게 지천에 널렸다는 것을 다시금 깨닫는 중이다. 법학 도서를 비롯해 회계학 서적까지 세상을 살아감에 있어서 필요한 지식들을 쌓았다. 책값이 만만찮은 전문 서적들이었지만 출판업을 하시는 아버지 덕분에 손쉽게 구할 수 있었다.

이따금 선생님들의 눈총이 따가웠으나 대남의 성적이 고공 행진을 펼치니 어쩔 수 없었다. 더군다나 대남이 보는 책들 대부분이 경상·법학대학 커리큘럼에나 있을 법한 전문 서적들이었기 때문이다.

이미 친구들 사이에선 대남이 대학 과정을 선행 학습한다는 말이 나올 정도였다.

대남은 법학 도서와 경영 관련 서적을 읽으면서 앞으로 어떤 세상이 도래할지 짐작하고 있었다.

고도의 압축 경제 속에서 세상은 시시각각 변하고 있었다. 대한민국은 극심한 몸살을 앓기 직전인지도 몰랐다. 기업들이 성장을 하면서 그와 발맞춰 법무법인들이 성장을 했고, 법비(法匪)들이 속속 등장했다.

그뿐만이 아니다. 세무학, 회계학 등 전반적인 사회시스템을 구축하는 법률들에는 수많은 오류가 있었다. 실상 법률에 명시된 대로 사용을 한다면 범죄가 일어나지 않을 테지만 사람들의 마음은 그렇지 않았다. 오류는 실수로 인해 태어난 것이지만, 명백히 그 오류를 부정한 방법으로 사용해 이득을 취하는 이들이 존재했다.

부정한 방법으로 부를 축적하다 형사재판과 민사재판을 받는 사례가 속속 언론에 얼굴을 비쳤다. 경제사범이라며 그럴듯한 이름으로 포장한 그 개새끼들 말이다.

물론 이 모든 것을 전문 서적과 신문, 뉴스 등으로만 파악해 잘못 알고 있을 수도 있다. 하지만 대남이 판단하기엔 세상엔 분명 부정이 존재했고, 부가 많을수록 그 부정은 비례했다.

금양출판은 〈고난의 시대〉를 출간한 뒤 수많은 기업의 러브콜을 받았다. 이미 〈고난의 시대〉는 백만 부의 판매량을 진작 뛰어넘었고, 항간에는 〈인간시장〉의 기록을 깰 것이라는 평이 자자했다. 더군다나 충무로 측에서 〈고난의 시대〉를 영화로 제작하고 싶다는 의사까지 밝혀왔다.

또한 금양출판은 〈고난의 시대〉를 뒤이어 〈목스 녹스:Mox Nox〉 출간까지 준비 중이었다. 각본에서 소설로 재구성된 '목스 녹스'는 아주 뛰어난 작품이었다. 분명 시장에 엄청난 반향을 일으킬 것이라 금양출판의 사장 김대철은 생각했다.

하지만 금양출판의 명성이 높아질수록 돈 냄새를 맡은 똥파리들이 꼬이기 시작했다.

"아이고, 형님! 대박 터졌다는 이야기 들었습니다. 축하합니다!"

오랫동안 본 적 없는 고종사촌이다. 과거 금양출판이 경영난에 시달릴 때 대철은 친척들에게 손을 벌렸지만, 도와주는 이는 하나도 없었다. 오히려 욕지거리를 하며 내쫓을 뿐이었다. 그런데 금양출판이 대박을 터뜨렸다는 소식에 이렇게 친·인척들이 하나둘씩 파주 출판 단지를 찾기 시작했다.

"진짜 금양출판이 우리 김씨 가문의 보배 아니겠습니까. 형님 소문이 고향에 자자합니다. 지금 베스트셀러 책들 줄줄이 출간하고 돈을 아예 갈퀴로 긁어모으고 있다고 말입니다. 정말 대단하십니다. 전 형님이 진짜 성공하실 줄 알았습니다."

평소에는 왕래 없던 친척들마저도 돈 냄새를 맡은 것인지 다짜고짜 대철을 찾아와 아첨을 하기 시작했다.

친척들은 말도 되지 않는 사업들을 비롯해 떴다방에나 어울릴 법한 불법 투기 등을 늘어놓으며 목돈을 빌려주기를 종용했다. 과거 대철을 내쫓을 때와는 천지 차이가 날 정도로 공손한 자세로 말이다.

하지만 대철은 강경했다. 말도 되지 않는 사업에 돈을 투자하지 않을뿐더러 친척들에게 한 푼도 내어줄 수 없었다.

돈을 내어줄 수 없다고 말을 하자 그제야 친척들은 눈을 부라리며 욕을 했다. 차마 입에도 담지 못할 욕들을 대철은 참지 않았다. 과거에야 혹여나 금양출판에 돈을 빌려줄까 싶어 욕을 들어도 참았지만, 지금은 아니었다.

오히려 대철이 불같이 성을 내며 반박을 하고 경찰을 부르자 그제야 친척들도 꼬랑지를 말아 내리며 종적을 감췄다. 십년 묵은 체증이 내려가듯 속이 시원했다.

"대표님, 고향에서 올라온 친구분이라고 하시는데요. 서종선이라고 하시면 안다고 하시는데."

"서종선? 들어오라고 하세요."

서종선. 오랜만에 들어보는 지기의 이름이다. 대철이 돌아가신 아버지를 대신해 금양출판을 처음 맡아 운영했을 때 여러모로 많은 도움을 줬던 불알친구다. 유일하게 대철에게 돈을 빌려준 친구이기도 했다.

하지만 종선은 사업 실패 후 몇 년 동안 연락이 되지 않았다. 그동안은 대철 또한 돈이 없기는 매한가지였기에 도와줄 형편이 되지 못했다.

"오랜만이다, 대철아."

"이게 몇 년 만이냐. 왜 연락 한 번 안 했어. 난 네가 죽기라도 한 줄 알았다."

"새끼, 내가 죽을 놈처럼 보이냐. 다 중동 나가서 일한다고 그랬다."

대철은 오랜만에 크게 웃어 보였다. 친척들 때문에 밀려들었던 스트레스가 가시는 기분이다.

오랜 친구, 서종선은 본인의 말마따나 중동에서 일을 한 게 거짓은 아닌 듯 살갗이 구릿빛으로 그을려 있었다.

"술 한잔해야지. 여기 출판 단지 근처에 안주 맛있게 하는 대폿집 있으니까 좀 있다 일 끝나면 그리로 가자."

"그래, 술도 좋지. 그런데 내가 오늘 놀러 나온 게 아니고 업무차 겸사겸사 금양출판 들른 거다. 오늘은 친구 김대철을 만나러 온 게 아니라 사장 김대철을 만나러 왔다."

"그게 무슨 소리야?"

서종선은 대철의 물음에 서류 가방에서 서류 몇 가지를 꺼내어 건네었다.

"내가 지금 몸담고 있는 호선제지의 재무제표다. 원래라면 대외비라서 아무한테나 보여주는 게 아닌데 내가 힘 좀 썼다. 아직 상장 전이라서 네가 이름을 들어도 모를 테지만 머지않아 상장을 할 테고 그렇게만 된다면 대박은 따 놓은 당상이다."

서종선은 혀끝에 힘을 준 채로 계속해서 말을 이었다.

"장외 주식이라고 들어봤나, 작년부터 새롭게 개설된 주식 제도인데 비상장 유망 중소기업들한테 일반 개인이 투자를 할 수 있는 기회를 만들어주는 기다."

주식에는 문외한인 대철이 알아들을 수 있는 용어는 없었다. 그저 오랜 지기의 말이라서 잠자코 듣고 있을 뿐이다.

"지금 장외시장에서 움직이는 거래 대금이 13억이 넘는다고 하더라. 유망 중소기업들이 자금을 조달받기 위해 지분 분산에 힘쓰고 있고, 그게 노다지인 걸 안 투자자들이 돈을 물 쓰듯이 쓰고 있는 현상인 거지. 내가 오늘 대철이 너를 찾은 이유는 너한테도 대박을 안겨주기 위해서다. 다른 친구들한테가 봤자 돈이 없으니 투자를 하라고 해봐야 투자를 할 수도 없지 않냐."

"······확실한 거냐?"

만약 친척 중에 서종선처럼 제안을 하는 이가 있었다면 듣기도 전에 꺼지라고 내쳤을 것이다.

대철에게 서종선은 각별한 친구였다. 많지 않은 고향 친구 중에서도 대철이 어려울 때 항상 도움을 줬던 친구이기 때문이다.

"확실한 거다. 내가 불알친구 아니면 이런 정보를 니한테 알려주겠나. 회사에서도 주주 분산 비율 때문에 믿을 수 있는 투자자한테만 투자받고 있는 중이다. 만약에 장외 주식시장에 등록이 되면 일반인들이 개떼처럼 몰려들 텐데 그때 가서 니숟가락 챙겨줄 여력이 있겠나. 다 니 잘되라고 내가 찾아온 거야. 지금 금양출판이 순풍에 돛 단 듯이 흘러가고 있는 상황에 내가 대박 한 번 더 터뜨려 줄게, 인마!"

끼리릭.

그 순간, 대표실의 문이 열렸다. 문밖 너머로 언제 왔는지 모를 대남이 서 있었다.

"······어? 대남이 네가 여긴 어쩐 일이야?"

"오늘 야간 자율 학습 안 하는 날이라서 아버지랑 같이 집에 가려고 왔죠."

"아, 그래? 인사해라. 대남이 너도 어렸을 때 본 적 있을 거야. 종선이 삼촌이다."

대남은 서종선에게 예의 바르게 인사를 했다. 사실 대남은 진작부터 금양출판에 와 있었으나 아버지가 친구분과 이야기를 나누고 있다는 말에 밖에서 기다리고 있었다. 다만 밖에서 이야기를 듣다 보니 흘러가는 상황이 심상찮았다.

"대남이 니 많이 컸네. 옛날에는 키가 삼촌 허리만 했는데 이제는 삼촌이랑 비슷하겠어."

"그렇죠. 삼촌도 살이 많이 타서서 못 알아볼 뻔했어요. 그나저나 여기 테이블 위에 널브러진 서류들은 다 뭐예요?"

"아, 그거는 어른들 이야기니까 신경 쓸 필요 없다."

"이거 재무제표 아니에요?"

대남의 입에서 재무제표라는 말이 나오자 일순 서종선의 표정이 바뀌었다. 하지만 대남이 고등학생이라는 사실을 깨달았는지 이내 입가에 미소를 지어 보였다.

"고등학생이 그런 전문용어도 알고 똑똑하네. 역시 대철이 네가 자식 농사 하나는 잘 지었다."

"한번 봐도 돼요? 저 요즘 이런 거에 관심이 많거든요."

"그래, 한번 읽어봐라."

대철은 앉아서 그 광경을 지켜보고 있었다. 대남이 몇 달 새 부쩍이나 성숙해지고 똑똑해지고 있다는 사실을 알고 있었기 때문이다. 이윽고 대남이 서종선이 가지고 온 서류들을 읽어 내려가기 시작했다.

서종선이 건넨 '호선제지'의 재무제표는 겉으로 보기엔 완벽했다. 기업을 설립한 1차 연도에 수억 원의 당기순이익을 냈다. 대변에 이익잉여금이 증가했고 차변에는 받을어음이 기입되었다.

기업의 성장 과정이 계속될수록 비용은 줄어들고 수익은 증가했다. 재무제표상으로 보자면 완벽한 흑자 기업이었다. 회계학적으로 총자산 증가율을 계산해 보았을 때 나쁘지 않은 수치였다. 하지만 손익계산서상의 문제가 있었다.

호선제지는 외상 매출액을 비롯한 받을어음의 금액이 지나치게 컸다. 한마디로 외상을 주고 물건을 판매했다는 말인데, 회사 설립 초기부터 당기 연도까지 외상이 계속 진행되었다.

또한 대차대조표상의 이익잉여금이 급격히 늘어난 뒤부터는 부외부채를 만들어 부채를 숨기고 있었다. 비용도 줄이고 부채도 줄여, 자산을 늘리는 짓이다.

일반적인 기업에선 이렇게 재무제표가 작성되지 않는다. 금융 용어로 설명하자면 윈도우 드레싱(Window Dressing), 바로 분식 회계였다.

대남은 호선제지의 재무제표와 실적 보고서를 읽어 내려가며 고개를 주억거렸다.

서류만을 보고 평가하자면 당년도 자본금이 오십억 원에 육박하는 중소기업이다. 서종선의 말대로 장외 주식시장에 등

록되는 것은 물론이고 상장만 된다면 루키라 평가할 수 있는 회사이다.

하지만 그 모든 것이 사기를 위한 밑거름이었다. 일반인이 호선제지의 재무제표를 본다면 박수를 치며 목돈을 꺼내놓을지도 모르겠으나 회계업에 몸담고 있는 자라면 고개를 절레절레 흔들 것이다.

분식 회계 중에서도 가장 기본적이고 저열한 부정 회계였기 때문이다.

아마 '호선제지'라는 기업 자체가 유령 회사이거나, 사기를 위해서 설립된 중소기업일 가능성이 컸다.

"대남아, 네가 본다고 해서 뭘 알겠냐. 그 서류가 전부 삼촌이 일하는 회사 실적이 적혀 있는 것들이라서 전문가 아니면 못 알아본다. 뭐 각 연도마다 벌어들이는 매출과 순이익은 알아볼 수 있을 테지."

서종선은 서류를 유심히 읽어 나가는 대남을 바라보고는 마른 입술을 쓸며 말했다.

"대철아, 내가 오랜만에 널 찾아와서 투자 이야기를 꺼내는 게 이상할지는 몰라도 의심하지는 마라. 네가 얼마나 힘들게 금양출판을 위해 살아왔는지 내가 알지 않냐. 회사에서 출자하기 이전에 네가 지분 참여를 해야지 노날 수 있는 기다. 지금 사설 투자 조합 측에서 회사로 문의 전화가 빗발친다. 이런 상황 속에서 선투자에 끼어들 수만 있다면 그야말로 길바닥에 떨어져 있는 금두꺼비를 줍는 거 아니겠나!"

서종선은 열변을 토하며 대철을 설득했다. 그 모습이 사뭇 진지해 겉으로 보자면 정말 신실한 기업가가 따로 없었다.

그러나 모든 사실을 알고 있는 대남의 입장에서는 입안이 텁텁할 뿐이다. 이윽고 대남이 읽던 서류들을 내려놓으며 입을 열었다.

"음, 전 잘 모르겠네요. 어려운 내용이라서."

"그래, 고등학생이 보기에는 어려운 내용들이지. 대철이 니도 생각 잘 해봐라. 금양출판이 한 단계 더 올라갈 수 있는 기회인 기다. 이번 기회만 잡으면 말이야. 지금 세상은 돈이 돈을 먹는 세상 아니가."

대남이 서류를 훑어봤지만 영 모르겠다는 표정을 짓자 서종선은 더욱 의기양양하게 설득에 박차를 가했다. 그의 말만 들어보면 호선제지가 정말 전도유망한 중소기업이었다.

"아버지, 이야기 중에 죄송한데 오늘 어머니가 빨리 안 들어오면 국물도 없다고 하지 않으셨어요? 저번에도 어머니 생일날 늦게 들어가셔서 혼나셨잖아요. 오늘 결혼기념일인데 늦으시면 어머니 화 못 풀어드릴 거예요."

"……아! 참 그랬지. 오늘 결혼기념일인 걸 내가 또 깜빡할 뻔했네. 저번에 그렇게 혼이 나고도 말이야. 종선아, 내가 진짜 미안한데 사업 이야기는 다음에 하면 안 될까? 내일 이 시간에 다시 와도 좋고 말이야."

"그래? 어쩔 수 없네. 그래도 오늘 내가 한 말 곰곰이 생각해 봐라. 다 금양출판에 덕이 될 일이지 해가 될 일이 아니니까 말이야. 내가 진짜 이렇게 대박 날 투자 건 남 주기가 아까워서 그렇다. 나랑 내랑 피만 안 섞였지 형제나 다름없잖아."

서종선은 진심으로 안타깝다는 표정을 지어 보였다. 하지만 대남이 계속 자리를 지키고 있는 것을 보자 어쩔 수 없다는 듯이 자리에서 일어났다.

이윽고 대표실 안에 대남과 아버지만이 남게 되자 아버지는 깊은 한숨을 몰아 내쉬었다.

오랜만에 만난 지기의 입에서 투자 이야기만 계속 들었던 것이 내심 안타까웠기 때문이다.

"아버지, 사기인 건 알고 계시죠?"

"……그래. 대남이 네가 갑자기 결혼기념일 이야기 꺼내서 대충 눈치챘다. 결혼기념일은 지난달이 아니었냐. 나야 뭐 재무제표를 볼 줄 모른다지만 너는 요즘 회계학 서적들을 읽으며 공부를 하고 있으니 조금이라도 알겠지. 어느 정도냐."

"명백한 사기예요. 요즘 분식 회계로 장난치는 회사가 많다고 언론에서 보도하던데 이 정도일 줄은 몰랐어요. 재무제표상으로 살펴보면 너무 기본적인 메커니즘으로 자산을 늘리고 있어요. 비용은 줄이고 수익은 늘리고, 종국에는 자본을 더 늘리기 위해 부채까지 줄이고. 일반적인 중소기업에서는 저렇게 과도한 성장은 힘들죠. 더군다나 제지업이 말이에요."

"그렇지⋯⋯."

아버지는 안타까운 듯 뒷말을 흐렸다. 당신 또한 금양출판을 운영하면서 수많은 사기꾼을 만나왔었다. 그렇기에 오랜 지기의 말이라고 할지언정 백 퍼센트 신뢰치는 않았다.

대철은 아들이 고등학생이기는 하지만 머리가 영민하고 전문 서적들을 손쉽게 읽어 나간다는 것을 이미 알고 있다. 그런 상황 속에서 대남의 입에서 '사기'라는 말이 흘러나오자 대철은 어깨를 짓누르는 이 기분을 떨쳐 낼 수가 없었다.

호선제지 사건이 벌어지고 나서 시일이 흘렀다. 대남은 굳이 아버지에게 호선제지와 관련된 말을 꺼내지 않았다.

서종선은 대남의 기억 속에도 있는 아버지의 친구였다. 과거 대남의 집이 어려울 때마다 도와줬던 삼촌이기에 아버지 입장에서 어떤 기분을 느꼈을지 가늠이 안 되었다.

"우리 대남아!"

저녁 늦은 시각이 되어서야 아버지는 퇴근을 하셨다. 술기운이 거나하게 올라와 코끝이 붉은 것이 취하신 듯했다.

어머니는 못 말리겠다는 표정으로 안방으로 들어가셨고 아버지는 대남을 붙잡은 채 연신 볼을 비볐다. 평소보다 주사가 과한 느낌이다.

"아버지, 그만 들어가셔서 주무세요."

"오늘 종선이 삼촌 만나고 왔다."

"네?"

아버지의 입에서 서종선의 이름이 다시 흘러나오자 대남은 귀를 쫑긋 세웠다. 곧이어 진득한 술 냄새와 함께 이야기는 계속되었다.

"오늘도 그 호선제지인가 뭔가 하는 호랑말코 같은 기업 투자하라고 왔더구나. 그 새끼 얼굴에 철면피라도 쓴 것처럼 친구한테 사기를 치는데 표정 하나 안 바뀌더라. 나 참."

"그래서 쫓아내셨어요?"

대남은 아버지의 성정을 잘 알았다. 공과 사는 확실한 인물이었다. 아무리 친구라고 할지언정 자신에게 사기를 치려는 인물에게 호락호락 넘어갈 위인이 아니었다. 하지만 뒤이어 들려오는 말에 대남은 두 귀를 의심했다.

"내가 그놈을 어떻게 쫓아낼 수 있겠냐."

"그러면요?"

"그냥 그 기업 투자인가 뭔가 하라고 했다. 다만 호선제지라는 그 빌어먹을 기업에 투자를 하는 게 아니라 서종선이 너 새끼한테 투자하는 돈이라고 말을 했지. 이왕이면 그 사기 짓거리도 그만하고 말이야."

"종선이 삼촌이 그 말 듣고 그냥 잠자코 있었어요?"

"아니, 지도 양심이 있는지 내가 꺼내 놓은 일억 전부는 다 못 받겠다고 하더구나. 천만 원, 딱 그 정도만 줬다. 사기 짓거리 그만하라는 내 말에 종선이 그 새끼 그냥 말없이 울더라. 오늘 소주를 먹은 건지 눈물을 먹은 건지 모르겠다."

"도대체 왜 돈을 주신 거예요?"

대남은 이해가 가지 않았다. 도대체 아버지는 왜 사기꾼인 것을 뻔히 알고 있는 마당에 천만 원이라는 거금을 건네신 것일까. 어머니가 알면 기절초풍할 이야기였다.

하지만 아버지의 대답은 간단명료했다.

"친구니까."

과거 금양출판이 경영난에 허덕이다 임금 체불까지 시달리고 있을 무렵, 대철은 아버지가 남겨주신 성북동 본가를 저당 잡아 직원들의 월급을 지불했다. 하나밖에 없는 아들 분유값

에다 기저귀값을 충당하느라 와이프 속옷 하나 제대로 못 사 줄 때였다.

격동의 시대 속 출판 탄압을 당해 불황이 이만저만이 아니었고 날이 가면 갈수록 가세는 기울어져 가서 결국에는 아기 분유마저도 사지 못할 지경이었다.

모든 사람이 대철을 외면했다. 혈육이라는 친척들뿐만 아니라 고향 친구들마저도 말이다. 다들 자기 먹고살기에도 급급한 시대였기에 그러려니 했다.

아무도 찾아오지 않는 성북동 본가에 손님이 찾아온 것도 그쯤이었다.

"어이, 대철아."

"어? 종선이 아니냐. 네가 여긴 웬일이냐."

"새끼. 출판 가게 사장됐다더니만 왜 이렇게 힘이 없냐. 소주나 한잔하자."

종선과 대철은 허물없는 막역지우였다. 대철이 월급쟁이 짓을 때려치우고 금양출판을 맡아 한다고 했을 때도 유일하게 응원해 준 인물이었다. 종선은 두 손 가득히 들고 있는 짐 보따리를 대철에게 건네며 입을 열었다.

"이거 받아라."

"이게 뭐냐."

"대남이 기저귀랑 분유, 그리고 먹을거리 좀 사왔다."

대철은 코끝이 아려오는 것을 느꼈다. 종선에게는 한 번도 자신의 처지를 말한 적이 없었기 때문이다. 그러나 친구 녀석은 어떻게 알았는지 먼저 도와달란 말을 꺼내지 않았음에도 손을 내밀어줬다.

대철과 종선은 거실에 앉아 술잔을 기울였다. 집 안에는 변변찮은 음식거리가 없었다. 오히려 종선이 사 가지고 온 음식이 안주가 되었다. 술잔이 몇 순배 돌 즈음이 되자 종선은 주머니에서 갈색 봉투를 꺼내었다.

"자, 받아라."

종선이 건넨 갈색 봉투 안에는 현금이 들어 있었다. 이십만 원에 달하는 돈이었지만 금액이 중요치는 않았다.

종선의 사업 또한 순탄치 않은 것을 안 대철은 결단코 이 돈을 받을 수가 없었다.

"못 받겠다. 네 사정을 내가 뻔히 아는데 어떻게 이 돈을……."

"괜찮다, 인마. 이래 봬도 난 아직 먹고살 만하다."

손사래 치는 대철에게로 종선은 봉투를 바지 주머니에 강제로 밀어 넣었다.

대철은 가슴속 깊이 올라오는 뭉클한 감정 때문에 어쩔 줄 몰랐다. 메마른 대지 위로 비가 내리듯, 눈물이 흘렀다. 떨어지는 눈물이 소주잔 위에 파문을 일으켰다.

"왜 우냐."

"고마워서 운다. 니도 어려울 텐데 날 이렇게 도와주니까 말이다."

고마워서 운다는 그 말에 종선은 도리어 입가에 미소를 지어 보였다.

"괜찮다. 친구니까."

- 8장 -
유명인

한국 사회는 '화합·전진'의 기치 아래, 전 세계 160개국이 참가해 진행된 서울올림픽 때문에 뜨겁게 달아올랐다. 서울올림픽은 국민의 기대와 관심 속에 성화 봉송 주자의 불꽃만큼이나 화려하게 개막했다.

언론은 연신 서울올림픽에 관한 기사를 주요 헤드라인으로 실었다. 한마디로 대한민국이 거대한 잔칫집이 된 듯한 분위기였다.

한편 시사 주간지 속에선 다가오는 미국 대통령 선거를 앞두고 공화당의 조지 허버트 워커 부시와 민주당의 마이클 듀카키스 중 누가 승리를 거머쥘지 촉각을 곤두세웠다.

또한 서울올림픽을 기점으로 문화 예술계는 자성의 시간을 가졌다.

이데올로기에 치중된 무대들만을 보아오다 탈이데올로기적 외국 작품들을 접하는 계기가 되었고, 이대로는 더 이상 연극계에 미래가 없다는 판단하에 동숭동 일대와 신촌을 장악했던 졸속 작품들은 그 막을 내렸다.

그리고 무너져 가던 연극계에 혜성같이 나타난 인물이 있었다. 바로 김장우 감독이었다.

김장우 감독의 각본 〈목스 녹스:Mox Nox〉는 금양출판을 통해 책으로 발간이 되었다. 〈고난의 시대〉라는 스테디셀러격의 작품이 있던지라 목스 녹스의 성적은 아쉬울 듯싶었으나 모두의 예견을 깨고 초판 물량이 완판되고 증쇄 요청이 물밀듯 이어졌다.

그 덕에 목스 녹스의 원저자인 김장우 감독에게 쏟아지는 기대는 지대했다.

김장우는 금양출판으로부터 투자를 받은 비용과 목스 녹스의 인세를 더해 신촌 일대에 소극장을 차렸다.

그러나 외국 번화 작품들을 무대에 올리고 있어서 목스 녹스는 아직이었다. 결정적으로 주성화 의사의 역할을 맡아 소화해 낼 여배우가 불모지가 되어버린 연극계에는 없었기 때문이다.

그 시각, 대남은 삼 학년에 오르고 나서부터 정신이 없을 정도로 바빴다. 고교 삼 학년 학생들에게 있어선 서울올림픽이 중요한 문제가 아니었다. 다가오는 겨울, 결전의 날만이 기다려졌다.

"공부하고 있냐."

야간 자율 학습 시간, 옆자리에 앉은 영출의 물음에 대남은 고개를 끄덕여 보였다. 그간 쌓아두고 읽었던 전문 서적들은 한편으로 밀어냈다.

학력고사가 코앞으로 다가왔기 때문에 포텐셜을 끌어올릴 필요가 있었다.

"대단하다, 대단해."

대남의 집중력은 타의 추종을 불허했다. 말도 하지 않고 자습서를 읽어 내려가는 대남을 보며 영출이 혀를 내둘렀다.

다른 이들은 모르지만 대남이 토씨 하나 틀리지 않고 모든 내용을 암기하고 있다는 사실을 알고 있는 영출은 놀라울 지경이다.

학교에서는 대남에게 거는 기대가 컸다. 급상승한 내신 성적을 비롯해 매월 실시되는 전국 단위 모의고사에서도 7차례 이상 차석과 수석을 번갈아 가며 차지했기 때문이다.

더군다나 자율 학습 시간에 대입 고사 대비뿐만 아니라 대학 전문 서적을 읽으며 공부를 병행했다는 것을 알고 있었기에 동급생들의 눈에 대남은 천재로 보일 뿐이었다.

"안녕하세요. 종선일보의 김석한입니다. 오늘은 전국 단위 모의고사에서 수석과 차석을 번갈아 차지한 산동고등학교의 김대남 군을 취재하러 왔습니다. 학력고사가 치러지기 전에는 취재를 허용해 주지 않는 여타 고등학교들과 달리 교장 선생님께서 취재에 협조해 주신 점 깊은 감사를 드립니다."

대남은 교장 선생님의 강요에 못 이겨 취재를 받기도 했다. 실상 학력고사가 치러지기 전까지는 취재를 허용하지 않는 것이 관례였으나 교장의 입장에선 본교의 명성을 떨치는 게 더 시급했다.

대남의 성적이 기하급수적으로 오른 것은 사실이나 학력고사에서도 실력을 발휘할지는 미지수였기 때문이다. 만약 학력고사에서 미끄러지기라도 한다면 취재는 물 건너갈뿐더러 지금 같은 기회는 다시 찾기 힘들 것이다.

"대남 학생, 들리는 소문에는 과목마다 유수의 대학생들에게 과외를 받고 있다고 하던데 말입니다. 갑작스럽게 급상승한 성적을 보면 말이 안 되는 이야기도 아니고요. 하지만 과외 금지 기간 중에 이뤄진 불법 과외라고 하면 사회적 파장이 클 수도 있다고 생각되는데 이와 관련해서 하고 싶은 말이 있나요?"

"음, 말이 되지 않는 이야기군요. 전 독학을 할 뿐 누군가의 도움을 받아본 적은 없습니다. 조사해 보시면 아시겠지만 불법 과외는커녕 불과 몇 개월 전만 하더라도 저희 집안은 제 자습서 하나 사기 힘들 정도로 열악했습니다. 그런데 요즘 세상을 시끄럽게 하는 온갖 유언비어가 전부 마포구에서 시작된다더니 거짓이 아닌 것 같습니다."

종선일보의 본사가 자리한 곳이 바로 마포구였다. 날조와 뜬소문을 가지고 기사를 쓰지 말라는 대남의 완곡한 표현에 기자의 표정이 붉으락푸르락해졌다.

대남은 교장의 음흉한 속내를 모르지 않았다. 다만 계속된 교장의 닦달이 귀찮았다.

하지만 막상 취재를 허락하고 나니 신문사가 종선일보였다. 종선일보는 평소 정치적 관점에서 한편에 치중된 기사와 뜬소문들을 가지고 가십거리를 만들어내는 신문사였다.

아버지는 이따금 종선일보의 신문을 보고는 이딴 것도 기사냐며 불쏘시개로 쓰시곤 하셨다.

기자는 대남의 말 때문에 열이 뻗친 것인지 펜을 잡은 손아귀에 힘을 가득 준 채 재차 물었다.

"그렇다면 대남 학생, 전국 모의고사에서 일곱 차례나 수석과 차석을 번갈아 차지한 정도라면 공부 습관이 어떠한지 정말 궁금합니다. 더불어 아버님께서 출판사를 운영하신다고 알고 있는데 공부 습관에 아버지가 지대한 영향을 끼쳤나요? 예를 들면 아버지께서 사설 모의고사지를 미리 구해왔다든가……."

"아까부터 기자님께서는 계속 말도 되지 않는 이야기를 하시는군요. 근거 없는 낭설은 삼가주셨으면 합니다. 공부 습관이랄 게 별것 있겠습니까. 읽고, 쓰고, 외우고. 삼박자가 이뤄지다 보면 종국에는 이해가 되게 마련입니다."

"참 광오한 대답이라고 생각되지만 한 번 더 물어보도록 하죠. 지금 대남 학생의 말대로라면 본년 말에 실시되는 학력고사에서도 모의고사만큼의 성적을 얻어낼 수 있을 거라 자신하는 겁니까. 모의고사와 학력고사는 그 중압감 차이가 천지 차이라고 하던데 아무리 대남 학생이라고 해도 어렵지 않을까요."

기자의 말에 대남은 고민을 할 필요도 없었다. 여태까지 전국 단위 모의고사에서는 오히려 힘을 풀고 시험을 쳤던 경향이 있다.

또 출제자의 문제 의도가 마음에 들지 않아 틀린 답을 골랐던 적도 있다. 다만 학력고사에서는 그렇지 않을 것이다.

"어려울 게 뭐 있겠습니까. 쉽습니다."

대남은 더 이상 종선일보 기자와 긴말을 섞기 싫었다.

한편, 대남의 호쾌한 대답에 종선일보 기자의 손놀림이 빨라졌다. 마치 특종을 찾은 것처럼.

얼마 지나지 않아 대남은 큰 홍역을 치러야만 했다. 일주일 전 있었던 종선일보와의 취재 속에서 대남이 했던 어록들이 더욱 부각되어 기사에 실렸기 때문이다.

<산동고등학교 삼 학년 金大男(김대남) 군 대입 학력고사, 모의고사보다 쉽다고 생각한다!>라는 제목을 필두로, 내용은 가관이었다.

대남이 배척적인 자세로 취재에 응한 것은 사실이나 기사 내용은 대남 자체를 세상 물정 모르고 날뛰는 천방지축쯤으로 평가하고 있었다. 그저 기행으로 모의고사 성적이 잘 나온 것을 학력고사에서도 잘 나올 것이라 확신하는 그런 시건방진 놈 말이다.

대남은 기사를 받아 보고는 어이가 없었지만 정정 요청은 하지 않았다. 어차피 고등학생의 정정 요청을 받아줄 신문사도 아니었거니와 실제로 학력고사에서 실력 발휘를 하면 될 일이었다. 한데 기사 때문에 학교에선 대남에 대한 관심이 더욱 커졌다.

"오, 이게 누구신가. 독일에 아인슈타인이 있다면 대한민국에는 바로 김대남이 있지 아니한가! 남들이 다 널 욕해도 난 널 믿는다. 우리 산동고등학교의 천재 김대남!"

영출이 과도하게 팔을 벌리며 대남을 환영했다. 다른 동급생들도 마찬가지였다.

대부분이 신문 기사를 읽은 것일 터, 대남은 의식하지 않았지만 이미 학교 내에서는 일약 스타덤에 올라 있었다. 반항기 넘치는 기사 내용이 사춘기의 고교생에게 카타르시스를 줬다나 뭐라나.

한편 대남을 아니꼽게 보는 사람들도 생겨났다. 항간에는 정말로 대남이 불법 과외를 받은 것이 아닌가 하는 의혹도 피어올랐다.

고등학교 삼 학년 학생을 대상으로 가지는 관심이라 치기에는 과도했으나 마치 일일 연속극이라도 되듯 대남의 행동거지에 선생님들뿐만 아니라 학생들의 이목이 기울어졌다.

하지만 모세가 홍해를 가르듯 대남은 학생들의 관심을 뚫고 오로지 본연의 학업에 몰두했다.

또한 학력고사가 다가올수록 대남에 대한 관심은 사그라들었다.

추풍낙엽의 가을이 지나가고 살갗이 시려오는 겨울 초입이 되자 자식의 대입 성취를 바라는 부모들의 기도가 이어지고 대망의 날이 서서히 그 모습을 드러냈다.

한데 그쯤 해서 종선일보에서는 또다시 대남과 관련한 기사 하나가 게재되었다.

[산동고등학교 金大男(김대남) 군, 대입 학력고사 수석(首席)은 나의 것.]

당시 대남을 취재했던 기자의 뒤끝이 장난이 아닌 듯, 본고사가 채 보름도 남지 않은 시점에서 사람들의 시선을 끄는 기사가 터져 나왔다. 더군다나 기사 말미에 대남이 실제 취재에서 했던 말을 인용해 사람들의 관심을 샀다.

[어려울 게 뭐 있겠습니까. 쉽습니다.]

또한 이번에는 취재 당시 대남을 찍었던 사진까지 첨부되어 있었다.

아버지는 기사 내용을 보고 종선일보를 향해 크게 분노했다. 대남은 노발대발하는 아버지를 말리느라 곤욕을 치렀다.

사실 학력고사를 보름 앞둔 시점에서 크게 일을 벌이고 싶지 않았다. 더군다나 저런 가십성 짙은 기삿거리는 사람들의 입방아에 몇 차례 오르내리다 사라질 게 뻔했다.

하지만 서울 전역 고등학생들의 심정은 그렇지 않았나 보다. 학구열이 높은 학군답게 대남의 얼굴을 알아본 학생들은 수군거렸고, 수군거림은 무성한 소문을 낳았다.

결국, 과연 학력고사에서 김대남이 어떤 성적을 받을 것인

가. 그것이 산동고등학교를 비롯한 학원가 초미의 관심사가 되었다.

1988년 12월 16일 전기대 학력고사의 날이 밝았다.

대학입학학력고사(大學入學學力考査)란 교육제도는 1982년부터 시행되어 온 제도로써 고등학교 졸업자들을 대상으로 대학에서도 수학이 가능한지 평가하는 시험이다. 한마디로 대학 입학을 위한 시험이다.

본디 학력고사는 12월 중순경에 전기대 시험이 있고 1월경에 후기대 학력고사가 있었다.

전기대 학력고사의 시험 점수에 낙담한 학생들 중 상당수가 후기대 시험을 치렀거나 재수를 택했다. 후기대까지 떨어지면 내신 점수로만 들어가는 전문대학밖에 선택지가 남지 않았다. 그렇기에 대다수의 학생이 전기대 학력고사에 목을 매었다.

하물며 작년 대선 후보의 정책 공약 중 상당수가 교육안에 치중되어 있었다.

노 정권이 출범한 이래, 대입 제도가 변화를 겪었는데, '선시험 후지원'이었던 대입 제도가 '선지원 후시험'으로 바뀌었다는 것이다. 한마디로 입시생들은 학력고사를 치르기도 이전에 자신이 가고 싶은 대학에 원서를 제출해야 했다.

학력고사 또한 일반 고교가 아닌, 해당 대학교의 강의실에서 시험을 치는 특이점이 있었다.

선지원 후시험 제도를 두고 많은 전문가가 학과 선택에 있어 적성과 애착을 유발한다는 이점도 있다고 말했다. 하지만 한편에선 모 아니면 도라는 평가도 자자했다.

1987년 선지원 후시험 제도가 도입된 이래로 고등학교 선생님들은 제자의 원서를 봐주느라 각별히 신경을 쓸 수밖에 없었다. 그야말로 과도한 눈치 싸움의 시작이었다. 상위권 대학의 원서를 써주는 것을 기피하는 선생들도 있었다.

또한 작년 고득점 재수생이 늘어 하향 지원이 추세였다. 서울 전역의 명문 대학 커트라인이 대폭 상승할 것이라는 전문가들의 예견이 언론을 수놓았다.

그런 와중 대남이 선택한 대학은 아니나 다를까, 한국대학교였다. 관악구에 위치한 대학으로서 대한민국의 지식인들의 요충지라 봐도 과언이 아닌 곳이다. 속된 말로 '대한민국의 미래를 보고 싶거든 고개를 들어 관악을 봐라'라는 말도 있지 아니한가.

김대남은 이미 산동고등학교의 스타이자 〈학력고사 수석은 나의 것〉이라는 타이틀이 걸린 남자였다.

산동고등학교에서도 거는 기대가 큰지 학력고사가 치러지

기 며칠 전 교장 선생님이 직접 대남을 찾아가 호박엿과 떡 등을 바리바리 싸 주었다.

"대남아, 시험 못 쳐도 되니까 마음껏 풀고 와라."

아버지는 혹여나 대남이 종선일보 기사를 의식할까 싶어 격려를 했다.

"아들, 속은 괜찮고? 아침에 네가 미역국 끓여달라고 해서 끓여는 준다마는……."

"어제부터 속이 영 안 좋았는데 아침에 미역국 먹고 나니까 낫네요. 확실히."

어머니는 대남이 학력고사를 치르기 전에 미역국을 끓여달라는 것이 내심 마음에 걸리는 듯싶었다. 대남은 그런 어머니를 의식해서라도 미역국을 국물 한 방울 남기지 않고 말끔히 먹었다.

"그리고 걱정하지 마세요. 평소처럼 풀기만 하면 되죠."

"평소처럼 푼다니 진짜로 우리 집안에서 학력고사 수석이라도 나는 거 아니냐?"

아버지의 의뭉스러운 물음에 대남은 씨익 웃어 보였다. 그 웃음이 과연, 수석을 장담하는 웃음인지 아닌지는 두고 보면 알 일이었다.

고사장을 향해 가는 학생 대부분이 살갗을 에는 추위 때문인지 파카와 코트로 옷을 두껍게 입었다. 한국대학교 정문에 도착을 하자 따뜻한 차와 초콜릿 등을 준비해 놓은 산동고등학교 일동이 보였다.

호랑이 선생뿐만 아니라 1·2학년 학생들도 보였다. 후배들의 눈빛에는 대한민국 제1의 대학교라 칭해지는 한국대학교 입시에 도전한 선배에 대한 경외감이 담겨 있었다.

입시를 치르러 고사장으로 향하는 학생들의 눈빛에는 긴장과 신념이 두루 섞여 나타나고 있었다.

"대남아, 잠시만 일로 와봐라."

호랑이 선생은 대남이 고사장에 들어가기 직전 따로 불러내었다. 그러고는 주머니에서 뭔가를 꺼내었는데, 88라이트 한 갑과 라이터였다.

"긴장되면 화장실에서 몰래 피워라, 오늘만은 봐주마."

"괜찮아요, 선생님. 저 담배 안 피워요."

대남의 말에 호랑이 선생은 머쓱한지 머리를 긁적여 보이고는 도로 담배를 회수했다. 그러고는 곧장 대남의 등을 두드리며 파이팅이라 연신 외쳐 보였다. 대남은 그렇게 선생님과 후배들의 응원을 받으며 고사장을 향해 갔다.

학력고사장인 한국대학교 강의실에는 최루탄 냄새가 물씬 배어 있었다. 작년 거센 학생운동의 시발점이 되었던 곳이었기에 그럴지도 몰랐다. 대부분의 수험생은 자리에 앉자마자 자습서를 펼쳐 보았다.

아마 학력고사를 처음 치르는 현역도 있을 테지만 재수생도 있을 것이다. 인생의 첫 번째 허들이자 관문인 학력고사를 앞둔 고사장에는 말로 형용할 수 없는 압박감이 감돌았다.

만약 전기대 시험에서 낙방을 하게 된다면 후기대 시험까지 지옥의 한 달을 보내야 할 터였다. 더군다나 한국대학교는 전기대를 낙방하게 된다면 지원할 수 있는 방법이 요원했다.

대남은 압박감보다는 다리 쪽에서 미세하게 느껴지는 떨림 때문에 신경이 쓰였다. 며칠 전부터 속이 매스껍더니 시험 당일에는 다리가 말썽이었다.

이윽고 고사장 안으로 시험 감독과 학력고사지가 도착했다. 그에 발맞춰 그간 감금 생활을 해야 했던 출제 위원들이 25일 만에 해방을 맞이했다.

출제 위원들의 말에 따르면 시험 양상은 작년과 크게 다르지 않으며, 객관식 70%, 주관식 30%의 비율을 차지한다고 한다.

그 말처럼 대남은 손쉽게 시험문제를 풀어 나갔다. 어렵지가 않았다. 종선일보와의 만남에서 했던 말이 허투루가 아닌 것임을 증명해 보이기라도 하듯 말이다.

하지만 시험이 계속될수록 오른쪽 다리의 통증이 심해졌

다. 송곳으로 뼈를 찌르는 듯한 각통에 헛바람을 집어삼켰다.

대남이 비지땀을 흘리며 시험문제를 풀자 감독이 다가와 괜찮냐고 물었다. 대남은 괜찮다는 말과 함께 어금니를 꽉 깨물었다.

점심시간에는 밥 한 숟가락 뜨지 못한 채 책상에 누워 참을 수밖에 없었다. 보건실에라도 가겠다고 일어났다가는 그대로 정신을 잃을 것 같았다.

극한의 집중력 속에서 필수과목을 비롯해 제2외국어 영역까지 풀어나가니 어느새 4교시에 다다라 있었다.

대남은 문과 계열 과학 선택과목 중 화학을 선택했다. 별다른 이유는 없었다. 화·물·생·지 중 어떤 것을 선택하더라도 만점을 자신할 수 있었으니.

다만 고통은 어느새 더욱 심해져 펜을 잡은 손아귀는 지진이라도 난 양 떨렸다.

대남은 그럴수록 혀를 깨물어 가며 고통을 참아냈다. 만약 여기서 실수라도 했다가는 정말 종선일보에서 원하는 그림이 나올 게 뻔했기 때문이다.

마지막 문제를 품과 동시에 대남은 참았던 숨을 거칠게 몰아 내쉬었다.

이윽고 시험 감독관이 시험지와 OMR 카드를 걷어갔다. 그제야 고사장 안도 긴장이 풀렸는지 여기저기서 한숨과 이야깃

거리가 싹을 틔웠다.

다만 대남은 그러지 못했다. 전신에 비가 오듯 땀이 흘렀기 때문이다. 그 모습을 지켜보던 감독관 한 명이 서둘러 대남에게 다가왔다.

"학생, 괜찮아?"

대남의 귓가로 감독관의 목소리가 파고들었다. 문제를 풀 때야 극도의 집중력을 발휘해 고통을 잠시나마 잊을 수 있었지만 시험이 끝나고 긴장이 풀어지니 불에 달군 인두로 피부를 지지듯, 극심한 통증이 찾아왔다.

감독관의 목소리가 놀이공원의 롤러코스터처럼 휘어져서 들렸다.

쿵.

대남은 더 이상 대답을 할 수가 없었다. 마치 여름철에 매달 놓았던 허수아비가 가을바람에 쓰러지듯 전신이 옆으로 힘없이 무너졌다.

- 9장 -
어머니

한국대학 병원 정형외과 과장 유설은 환자의 진료 차트를 읽어 내려가며 고개를 주억거렸다.

급성구획증후군(Compartment syndrome), 근육을 덮고 있는 근막은 여러 개의 구획으로 나뉘어 있는데 모종의 이유로 구획을 통과하는 혈관에 압력이 가해져 신경과 근육이 손상을 입는 병이다.

전조 현상 없이 갑작스럽게 발병하는 경우가 잦아 의료진 입장에서도 골치가 아프다.

"김대남."

병상에 누워 있는 환자의 이름을 읊어보았다. 아직 전신마취에서 완전히 깨어나지 못했지만 곧 있으면 병동으로 이송될 터이다.

아무래도 위 환자의 발병 원인은 한 해 전 겪었던 뇌출혈에서 비롯된 듯싶었다. 급성구획증후군은 신경과 근육에 손상이 가므로 극심한 통증을 유발하는데, 이미 환자의 상태는 조직이 괴사되기 직전이었다.

이 정도면 살이 그대로 칼에 베이는 듯한 각통이 찾아왔을 것이며 종국에는 부분 마비까지 진행됐을 것이다. 만약 조금이라도 더 늦었다면 그대로 한쪽 다리를 아예 못 쓰게 될 뻔했다.

한데 이런 상황 속에서 학력고사를 치렀다니 믿기지가 않았다.

더군다나 수술을 하며 경과 부위를 봐온 결과, 아침부터 고통이 시작됐을 것인데, 마지막 시험까지 정신을 놓지 않았다는 점에서 의사로서 놀라울 따름이다.

이따금 환자들이 극한의 집중력을 발휘해 믿기지 않는 기적을 행사하기도 했지만, 이 정도 고통을 참아낸다는 것은 과거로 치면 장군감이라고 치켜세울 만했다.

그 누가 말하지 않았는가. 페르시아군과 치열한 접전을 펼쳤던 스파르타군의 뛰어난 전투력은 막강한 신체에서 비롯된 것이 아니라 강인한 정신력에 기인한 것이라고.

"……으, 으."

대남은 정신을 차린 직후부터 목을 메우는 텁텁함 때문에 말을 제대로 할 수가 없었다. 입안이 모래로 가득한 것 같았다.

정신이 없는 와중 하얀 가운을 입은 의사의 모습과 경동맥을 짓누르는 굵은 주삿바늘 덕분에 병원이라는 것은 금방 알아차릴 수 있었다.

부모님은 안타까운 표정으로 대남을 바라보고 있었다. 어머니는 당신이 아침에 해준 미역국 때문에 이 사달이 벌어졌나 싶어 눈가에 눈물이 그득했다.

대남은 말없이 어머니의 손을 꽉 잡아주며 괜찮다고 고개를 끄덕였다. 그러곤 아버지를 바라보며 겨우 힘을 내어 입술을 뗐다. 이윽고 갈라진 입술 사이로 메마른 목소리가 흘러나왔다.

"……아버지, 저 시험은 끝까지 잘 치렀어요?"

"녀석이, 마취에서 깨어나자마자 그 이야기네. 걱정하지 마라. 감독관 말로는 네 녀석이 고집을 부려 마지막 시험이 끝나고 나서 쓰러졌다고 하니. 이 미련한 녀석아, 아프면 병원을 가야지. 시험은 내년에도 칠 수 있는 것인데……."

아버지의 안타까움 섞인 목소리에도 대남은 그저 입가에 미소를 지어 보였다. 시험을 무사히 끝마쳤다는 그 말 하나 덕분에 그간의 고통이 가시는 듯했다.

전기대 학력고사의 결과는 12월 크리스마스가 오기 직전까지 전부 밝혀진다. 입시 동향을 파악한 뉴스에 따르면 금년도 시험은 작년보다 어려웠으며, 300점 이상의 고득점자가 예년보다 삼십 퍼센트 줄어든 수치를 보이고 있다고 한다.

전기대 시험 성적에 따라 한국대학교 유망과의 합격 점수를 살펴보면 법학과가 301점가량, 경제·경영학과가 295점, 정치·외교·영문과가 290점대를 형성할 것으로 관측되었다.

시험을 치른 고득점 재수생들의 말에 따르면 작년보다 시험 문제 난이도가 상당히 올라가 최상위권의 실제 합격선도 예년보다 오점 내외 떨어질 것으로 예상했다.

그리고 이런 와중, 대한민국 교육계를 들썩이게 하는 기사가 실렸다.

[한국대학교 전체 수석 입학 인문계 지원 金大男(김대남) 군, 다리 마비의 사경 속에서 학력고사 만점을 쟁취하다!]

전기대 학력고사 성적이 공개됨에 따라 대남이 입실해 있는 1인실로 수많은 기자와 산동고등학교 선생님들이 다녀갔다.

급성구획증후군이라는 보기 드문 질병을 앓은 것은 물론이고 극심한 통증과 부분 마비를 동반한다는 사실에 기사는 눈덩이처럼 부풀어 올랐다.

전기대 학력고사에서 대남이 획득한 점수는 320점 만점에 320점, 그야말로 천외천의 경지였다.

만점자가 없는 인문 계열에서 유일한 만점자임은 물론이고 사경 속에서 시험을 치른 일화는 논픽션 드라마가 따로 없었다.

이미 금양출판으로 대남을 주제로 한 다큐멘터리를 제작하고 싶다는 방송국의 문의 전화가 연일 빗발치고 있었다.

대남은 수술 경과를 지켜보자는 유설 과장의 말에 따라 내달 말까지는 꼼짝없이 병원 신세였다.

아버지는 계속해서 1인실에서 머물자고 했지만 대남은 한국대학 병원 1인실 병원비가 얼마나 상당한지 알고 있다.

이제는 기자들의 출입 또한 줄어들었고 아무리 좋은 병실이라 할지라도 병원 냄새를 오래 맡다 보면 사람이 유약해지게 마련이었다. 대남은 아무래도 사람 냄새가 나는 다인실이 좋았다.

6인 병실로 되어 있는 다인실에는 각자의 사연을 품고 있는 환자가 많았다. 한평생 담배를 피우며 살아오다 설암으로 입원하신 할아버지가 있는 반면, 오토바이 배달 사고 때문에 입원한 이십 대도 있었다.

그리고 대남의 옆자리에는 초등학생쯤으로 되어 보이는 작은 남자아이가 있었다.

아이는 척추암을 앓고 있다고 했다. 본래라면 중환자실에 입원해도 이상치 않을 아이였다.

다만 보호자가 중환자실 비용을 감당치 못해 일반 병실로 이실 조치를 한 것이다. 아이의 어머니는 삼십 대쯤 되었을 법한 젊은 여자였다. 화장기 없는 얼굴에 햇빛에 그을린 그녀는 대남의 기억 속의 누군가와 닮아 있었다. 일주일 정도 병실 상황을 살펴보니 아이의 보호자는 그녀밖에 없는 듯했다.

항암 치료를 받고 고통에 몸부림치던 아이는 항상 그녀가 나타날 때면 뛸 듯이 기뻐했다. 그리고 그건 그녀도 마찬가지였다.

"……저, 학력고사 만점자 김대남 씨 맞죠?"

"아, 네."

"대남 씨 이름이 들어간 기사 정말 많이 봤어요. 이렇게 뵙게 돼서 영광입니다. 우리 성욱이도 커서 저 형처럼 멋지게 공부도 잘해야 돼, 알겠지? 아파도 공부 잘 할 수 있다는 거 저 형이 보여줬잖아. 저 형이 대한민국에서 공부 제일 잘해."

그녀는 아이에게 희망을 심어주듯 말했다. 대남의 얼굴은 이미 기사를 통해 알려진 직후라 병원 내에서 모르는 이가 없을 정도로 유명 인사였다.

대남은 학력고사 만점자라는 말이 처음에는 얼굴이 화끈거릴 정도로 낯간지러웠으나 한 달이 다 되어가니 그저 그랬다.

그 순간, 대남의 눈앞이 암전되었다.

'어, 이 느낌은…….'

실로 오래간만에 느끼는 초능력이었다. 하지만 다른 불편함
은 느껴지지 않았다. 좀 전의 상황도 잊은 채 대남은 어떤 세
상이 눈앞에 보일까 기대가 되었다.

수만 가지 색깔로 치장된 세상이 보일 것이라는 예상과 달
리 구슬픈 여자의 목소리가 대남의 귓가를 파고들었다.

"안, 안 돼. 우리 성욱이 살려주세요, 선생님. 제발 부탁이에
요. 제발이요……."

흐릿했던 시야가 점차 걷히고 세상이 선명해지기 시작했다.
대남이 보고 있는 광경은 다름 아닌 현재 대남이 입원해 있는
병실이었다.

조금 전 대남을 바라봤던 성욱이라는 아이가 싸늘하게 식
은 채 병상에 누워 있었다. 바이털 기기에 제로 사인이 떨어지
고 의료진의 낙담한 표정이 이어졌다.

그녀는 의사를 붙잡고 울듯이 부르짖으며 살려달라고 애걸
복걸했다. 하지만 이내 이미 늦었다는 것을 깨달았는지 허망
한 표정으로 아이를 바라봤다.

"미안해. 많이 해준 게 없어서 미안해, 정말. 엄마 아들로 태

어나게 해서 너무 미안해."

그간 참아냈던 슬픔이 댐이 무너진 것처럼 한순간에 밀려든 듯싶었다. 그녀의 목소리를 마지막으로 세상은 다시 좌우 반전되었다.

정신을 차린 대남은 자신의 눈앞에서 아이와 함께 병상에 앉아 있는 그녀를 바라봤다. 일순 눈앞이 아찔해지며 현기증이 오는 듯했다.

어떻게 자신이 보았던 미래를 저 다정한 모자(母子)에게 말해줄 수 있을까, 도저히 자신이 없었다.

시간은 야속하게도 빨리 흘러갔다. 일월 말이 다가올수록 대남은 조급해지는 것을 느꼈다.

과연 자신이 보았던 미래를 그녀에게 말해주는 것이 나을까, 아니면 시간이 흘러가는 대로 놔두는 편이 나을까.

거듭된 고민 끝에 대남은 전자를 선택했다.

그녀는 갑작스럽게 대남이 말을 걸자 놀랐으나 안면이 익었던 터라 경계하지는 않았다.

"저, 성욱이 상태가 많이 안 좋나요?"

"많이 안 좋아요. 이번 해만 버텼으면 좋겠는데……."

대남은 병실 밖에서 그녀와 대화를 따로 나누었다. 성욱이 이야기를 꺼내자 눈에 띄게 그녀의 표정이 어두워졌다.

"제가 도움이 될 수 있는 일은 없을까요?"

"이미 암 전이가 시작돼서 수술을 한다고 하더라도 비용이 막대할뿐더러 소생 가능성을 장담할 수 없다네요. 그래서 지금은 시한부를 살고 있는 거나 마찬가지예요. 하루에도 수십 번씩 고민이 들어요. 저 아이를 이렇게 작은 병원 안에 가둬두는 게 나은 판단인가 하고……. 참, 제가 일을 하는 동안 우리 성욱이랑 많이 놀아주셨다고 하던데 너무 감사해요."

"……아닙니다. 그런데 성욱이가 항상 어머니가 일을 하러 나가면 걱정을 많이 하던데, 실례가 안 된다면 어떤 일을 하시는지 여쭤봐도 되겠습니까."

"막노동이든지 식당 일이든지 가릴 처지가 못 돼요. 원래는 연극판에 오래 있었는데 지금 대한민국 연극계가 망한 것은 자명한 사실이잖아요. 연극밖에 배운 게 없는 무지렁이가 돈을 벌려면 몸이 고된 노동밖에 할 게 없죠. 그래도 힘들지는 않아요. 우리 성욱이를 위해서라면. 그게 엄마니까요."

화려한 미사여구도 필요 없었다. 그저 엄마라는 단어 하나에 모든 것이 축약된 듯했다.

담담한 그녀의 목소리에 대남은 가슴이 저미는 듯했다. 겉으로는 담담히 말을 하고 있을지 모르나 미래에서 보았던 그녀의 모습은 세상을 다 잃은 어머니의 모습이었다.

지금 그녀는 하나밖에 없는 자신의 아들을 위해 가냘픈 여인의 몸으로 모든 것을 감내하고 슬픔마저도 숨기고 있는 것인지 몰랐다.

햇빛에 그을리고 굳은살이 박여 버린 그녀의 손이 그걸 말해주고 있었다.

그제야 대남은 그녀의 얼굴과 닮은 이가 생각이 났다.

화장기 없는 수수한 얼굴에 신념을 위해서라면 모든 것을 내던졌던 사람, 바로 독립운동가 주성화 의사였다.

"이봐, 성화. 너는 도대체 무엇 때문에 그렇게 열심히 싸우는 거냐."

신흥무관학교 졸업생 김장신이 연인 주성화에게 물었다. 주성화는 낡은 소총에 기름칠을 하며 고개를 들었다.

해가 저물고 미명이 찾아온 시간 때라 그런지, 사위는 어두웠지만 경성에 자리한 유곽의 모습은 환히 눈에 띄었다.

저곳에서 조국을 팔아먹은 앞잡이들이 모여 술판을 벌이고 있을 테지.

"장신, 지금 조국은 위기에 처해 있어. 잔혹한 세상 속에서 길을 잃어버린 어린아이같이 말이지. 우리는 그런 조국을 감싸 안고 보듬어줄 필요가 있어. 그리고 어떤 일이라도 감내하며 앞으로 나아가야 해. 그게 우리가 가진 사명이자 이 땅에 내려온 이유니까."

"마치 조국이 배 아파 낳은 혈육이라도 되는 것처럼 말하는구나. 성화 넌 역시 독립투사라는 말이 딱 어울리는 여자야."

김장신은 연인 주성화를 바라보며 미묘한 표정을 지었다. 이미 그의 마음속에선 독립운동에 대한 회의감이 싹튼 뒤였다. 그녀는 그런 김장신의 속내를 아는지 모르는지 낡은 소총을 거세게 휘어잡으며 자리에서 일어났다.

"혈육이라. 그래, 이 땅 위에선 어머니나 마찬가지군……. 자식을 위해서라면 헌신적으로 모든 것을 내던지는 어머니 말이야."

변함없는 어머니의 사랑만큼이나, 그녀는 담담한 목소리로 말했다.

머나먼 미래이자 과거, 고요한의 집무실.

"박사님, 박사님의 데이터 타임머신 이론 때문에 학계가 논란 중에 있습니다. 만약 정말로 타임머신이 개발된다면 과거와 미래의 시점이 엇갈리고 세상이 어지럽혀지지 않을까요. 미래를 전부 알고 있다는 것은 행운이기는 하지만 세상의 관점으로 보았을 때 크나큰 재앙이나 다름없지 않습니까."

젊은 연구원의 말에 고요한은 자조 섞인 웃음을 토해냈다. 후학의 길을 남겨두기 위해 허드렛일을 하는 제자를 들였건만 이건 뭐 자신의 과학적 가치관과 내용을 전반적으로 이해하지 못한 칠푼이가 따로 없다.

"네놈, 어디 가서 내 밑에서 수학했다고 말하지 말아라. 그리고 오늘부로 짐 싸. 내가 한 말을 하나도 이해하지 못하는 동물한테 시간을 낭비하기 아까우니."

"네……?"

"아직도 이해가 안 되는 것이야?"

젊은 연구원의 의아한 물음에 고요한은 백발의 머리를 긁적이고는 귓구멍을 후벼 팠다. 근래 들어 이명이 자주 들리는 것이 아무래도 몸이 점차 고물이 되어가는 듯했다.

고요한은 지금 이 시간조차도 아깝다는 듯한 말투로 입을 열었다.

"일반인이 미래를 알고 있다고 한들, 천재의 지식을 가진다고 한들 세상은 달라지지 않아. 미래의 지식이라는 크나큰 용량 때문에 범용성의 부재가 뒤따르고 제약이 걸리게 마련이지. 그 시대의 '일반인'은 똑똑해진다고 해도, 그 반경은 그 시대상을 벗어나지 못해. 죽어가는 사람을 살리거나 아무것도 없는 손에서 금은보화를 뚝딱 만들어낸다면 말이야, 그건 전지전능한 신의 영역이지. 그리고……"

곧이어 고요한은 뜸을 들이더니 이내 한숨 섞인 공기를 토해내며 마지막 말을 이었다.

"……못했다."

변진섭의 2집 '너에게로 또다시'가 발매되었다. 폭발적인 반응과 함께 언론에서는 대한민국 최초의 밀리언셀러 싱글 음반이 될 것이라는 평가가 자자했다.

앓는 소리가 가득했던 병실에서도 가요톱텐이 할 시간이면 활기가 감돌았다. 하지만 항암 치료를 받고 돌아오는 성욱이의 표정은 어두웠다. 어린아이가 감당키는 어려운 고통일 터, 그래도 엄마를 생각해서인지 성욱이는 울지 않았다.

대남은 성욱이를 위해 척추암과 관련한 수술 비용을 알아봤지만 유설 과장에게서 나온 말은 예상외였다.

"아서라, 대남이 네가 무슨 생각을 하고 있는지 알겠다만……"

정형외과 과장 유설과 대남은 한 달 새 부쩍이나 친해진 상태였다. 대남의 물음에 유설은 짐짓 고개를 주억거리더니 말끝을 흐렸다.

"설령 수술 비용이 해결된다고 할지라도 수술은 할 수가 없어. 이미 성욱이의 척추암은 4기 말기다. 한마디로 척추를 시작으로 발끝까지 암이 전이가 되고 있는 상태라는 거지. 지금 당장 말기 암 환자 호스피스에 들어가도 이상할 게 없는 상태야. 성욱이의 어머니도 그 사실을 알고 있기에 어쩔 수 없이 바라만 볼 뿐이야."

"치료가 아예 불가능한 건가요?"

"수술을 성공적으로 끝마친다고 해도 소생 가능성은 희박해. 어린아이의 몸으로 견뎌내지 못할 수술이야. 성욱이가 지금까지 버텨온 것만 보더라도 기적이라고 표현해도 좋을 정도지. 괜히 여기서 성욱이에게 견뎌내지 못할 고통을 줄 수는 없어……."

유설 과장의 말대로 성욱이의 어머니는 아들에게 일말의 편안함을 주고자 일반 병실을 택했는지도 모른다. 떨어지는 잎새를 부여잡기보단 땅에 닿는 그 시간까지만이라도 바라보고 싶었기 때문이다.

옆 침상에 누워 있는 성욱이의 환한 미소를 볼 때마다 대남은 미래를 알고 있다는 사실이 사무치도록 후회가 되었다. 마음 같아서는 시간을 되돌리고만 싶었다. 초능력이 보이기 직전으로 말이다.

시간은 걷잡을 수 없을 정도로 빨리 흘러갔다. 점차 퇴원일에 다다랐지만 대남이 할 수 있는 일이라곤 그저 성욱이의 예쁜 미소를 보며 말 한마디를 더 건넬 뿐이다.

한데 인연이란 것이 묘했다. 대남의 병문안을 온 김장우 감독은 옆자리에 있던 성욱이의 어머니를 단번에 알아봤다.

"한세희?"

"장우 선배……?"

둘의 이야기는 오랜 시간의 고리를 타고 거슬러 갔다. 격동의 시대, 연극인의 꿈과 극작가의 포부를 가진 신인들이 장충동으로 모여들었다.

극단의 이름을 구성하고 번역극을 무대 위에 올려 도약의 기틀을 마련하려 했다. 하지만 관객들은 미숙한 번역극을 식상하게 생각했고, 종국에는 자연히 고개를 돌렸다.

장우는 함께 극단 활동을 했던 여배우 한세희를 눈여겨보았다. 여자로서가 아닌 연극인으로서 말이다.

"아직도 무대 위에 오르고 있나?"

한때, 동숭동 일대와 신촌을 뒤져 한세희를 찾았던 장우로서는 그녀가 더 이상 연극을 하지 않는다는 것을 알고 있었지만 그래도 물어봤다. 왠지 물어보고 싶었다.

"아니, 사는 게 힘들어서 더 이상 연극은 하지 않아."

"그래……."

사는 게 힘들다는 말에 장우는 반문을 할 수가 없었다. 대남의 옆자리에 앉아 있던 작은 아이가 세희의 아들이라고 했다. 듣기로는 척추암을 앓고 시한부의 삶을 살고 있다고 한다.

장우는 자신이 살면서 겪었던 고통보다도 지금 세희가 겪는 고통이 더 심한 진통이라는 것을 알았다.

사실 과거 〈목스 녹스:Mox Nox〉라는 각본을 집필함에 있어 주성화 의사의 역할에 함께 극단 활동을 펼쳤던 한세희를 마음속에 품었다.

다만 시대가 변했고 연극계가 토사의 아래로 흩어진 뒤부턴 그 생각을 고이 접었었다.

장우는 오랜 시간이 걸려 자신의 뮤즈를 찾은 것임에도 선뜻 말할 수가 없었다. 그녀가 처한 상황이 영화보다 더 비현실적인 비극이라는 것을 알았기에.

김장우는 그럼에도 대남의 병실을 찾는 일이 잦아졌다. 사실 대남을 보러 가는 것이 아니라 한세희를 만나러 왔다는 사실이 맞을 것이다. 그래도 그녀가 부담스러워할까, 연극에 관한 이야기는 섣불리 꺼내지 못했다.

"엄마, 다시 연극하면 안 돼?"

며칠 전 대남의 병문안을 다녀간 김장우 감독과 엄마가 하는 이야기를 엿들은 것인지 성욱이 대뜸 입을 열었다. 김장우 감독이 연극을 하는 사람이라는 것은 여태까지의 대화를 들으면 충분히 유추해 볼 수 있는 일이었다.

"무슨 소리니?"

성욱이는 영민한 아이다. 어렸을 적 엄마가 무대 위에 올랐다는 사실을 기억하리만큼. 그녀의 물음에도 성욱이는 같은 말만을 반복했다.

퀴퀴한 곰팡내와 연극인들의 땀 냄새가 뒤섞여 흐르던 낡은 소극장 안에서 아이는 유년기를 보냈다. 여섯 살쯤, 기억에도 남지 않을 법한 어린 시절, 엄마가 무대 위에서 환하게 미소 짓던 그 모습을 아직도 기억한다.

아이가 생각하기에 엄마가 가장 행복했던 시간은 아무래도 그때였다. 고집이라는 것을 모르고 자라왔던 아이의 입에서 또래의 아양 섞인 목소리가 나오자 그녀는 눈물이 나는 것을 참지 못했다.

"미안하다, 엄마가."

"엄마, 울지 마. 그리고 미안하면 연극해 줘. 난 엄마가 행복한 게 좋단 말이야."

그녀는 여태껏 보지 못했던 아들의 어리광에 기쁨보다는 눈물이 흘렀다. 군말 없이 항암 치료를 받으며 하루가 다르게 핼쑥해졌지만 엄마가 힘들까 아프다는 말조차 꺼내지 않았던 아이다.

그녀가 미약하게나마 고개를 끄덕여 보이자 성욱이는 세상에 다시는 없을 것 같은 환한 미소를 지어 보이며 엄마를 껴안았다.

"엄마, 누가 그러던데 부모랑 자식은 죽으면 다음 생에도 만난대. 그런데 자식이 부모가 될 수도 있고 부모가 자식이 될 수도 있대. 엄마는 뭐 하고 싶어?"

"……엄마는 다음 생에도 계속 우리 성욱이 엄마 하고 싶은데, 우리 성욱이는?"

"난 그냥 엄마 다시 만날 수 있다는 게 좋아. 헤어지지 않는다는 거잖아."

헤어지지 않는다는 그 말이 그녀의 머릿속에 남았다.

하늘은 언제나 선한 사람만을 먼저 데려가신다고 했다.

다음 날, 성욱이는 마지막까지 엄마를 보고 싶다는 일념 하나로 끝까지 가쁜 숨을 몰아쉬고 있었다. 항상 힘든 상황을 이겨냈었던 성욱이지만 이번만큼은 힘들어 보였다.

곁에서 그 광경을 지켜보던 대남은 금제를 깨고 초능력을 사용해 미래를 알아볼 수 있다고 한들, 작은 생명조차 지키지 못한다는 것이 괴로웠다. 초능력을 통해 우월감을 엿보았던 과거의 기억들이 한없이 초라했다.

이윽고 식당에서 일하던 한세희가 병원의 연락을 받고 급히 병실로 달려왔다. 식당에서 입고 있던 앞치마를 그대로 한 채, 무너지듯 성욱이의 병상 옆으로 다가가 손을 부여잡았다. 의료진도 말리지 않았다.

이미 바이털 사인은 정지가 되었다. 여기서 더 이상 CPR을 하거나, 제세동기를 이용해 심장에 압박을 가해도 소생이 불가능했다.

오히려 성욱이의 마지막 시간을 헛되이 쓰게 될 뿐이다.

가요톱텐이 하는 시간대였지만 정형외과 병동은 그 어느 때보다도 고요했다.

활기가 없었다. 모두의 소망이 한 아이에게로 향해 있었다. 애도의 침묵이 이어졌고, 마지막은 그녀의 목소리가 장식했다.

"……우리 아들, 꼭 다시 만나자. 사랑해, 너무 사랑해."

슬픔이 파도처럼 밀려와 가슴을 두드렸지만 그녀는 울음을 참아냈다. 아들의 말대로 다음 생에 다시 만날 수 있을 것이기에.

천륜의 고리로 이어진 인연이기에, 눈물은 재회의 순간에 흘려도 충분할 것이다.

이윽고 말을 끝마친 고요한은 지하 연구실로 가기 위해 자리에서 일어났다. 젊은 연구원은 고뇌에 찬 표정으로 등이 굽은 고요한의 뒷모습을 나직이 바라봤다.

"……나의 과학은 아직 신의 영역에 도달하지 못했다."

그의 귓가에 고요한의 마지막 말이 계속 맴돌았다.

- 10장 -
다큐멘터리

대남은 2월 중순에 다다라서야 퇴원 수속을 밟을 수 있게 되었다. 옆 병석을 지켰던 성욱이는 하늘나라로 떠났지만 세상은 여전히 변함이 없었다.

　성욱이의 어머니, 한세희는 김장우 감독의 설득에 따라 연극계로 향했다. 대남은 환한 미소를 보여주던 성욱이를 대신해 그녀의 행복한 앞날을 기도했다.

"예? 다큐멘터리요?"

"그래."

　오래간만에 금양출판을 찾은 대남은 아버지로부터 뜻밖의 이야기를 전해 들었다. 지난해 치렀던 학력고사에서 한국대학교 문과 계열 수석은 물론이고 전체 수석을 차지한바 방송국에서 연일 다큐멘터리를 찍고 싶다고 문의 전화가 빗발쳤다 한다.

제6공화국이 시작되었지만 여전히 출판 서적에 관한 압박이 계속되었다. 불행 중 다행이라면, 5공화국 군사정권 시절만큼 숨통을 조이지는 않았다.

앞으로 출판업계의 점진적인 도약을 위해서라면 홍보는 필수 불가결이었다. 하지만 언론마저도 통제를 당하는 세상이었기에 출판업계를 대대적으로 홍보할 수 있을 만한 방안이 없었다.

한데 방송사에서 먼저 연락을 취해온 것이다. 학력고사 전국 수석인 대남의 다큐멘터리를 찍게 해준다면 출판 단지를 비롯해 금양출판의 이름을 방송에 올리겠다고 말이다. 절호의 기회가 아닐 수 없었다.

"흠, 알겠어요. 그런데 절 찍어봤자 그림이 나오겠어요?"

"그림이 나오는 것뿐이겠냐, 너는 모르겠지만 대남이 네가 병상에 누워 있는 동안 산동고등학교 쪽 학원가를 비롯해서 언론에서 난리가 났었다. 급성구획증군이라는 병을 부풀려서 반신마비의 고통 속에서 학력고사를 치렀다는 이야기까지 나왔으니 말이다. 아무래도 노태후 정권이 출범하고 인간 승리라는 주제를 통해 계층 간, 지역 간 불협화음을 해소하려는 게 아니겠냐."

거창하다면 거창할 수 있는 이야기였다.

노태후 대통령은 당선되고 난 후 '중용(中庸)'을 근간으로 화합과 화해의 정치를 실천하고 이를 바탕으로 계층 간·지역 간의 반목을 해소하면서 새 시대를 민주 발전과 민족 자본의 시대로 만들겠다'는 정치 이념을 피력했다.

하물며 5공 청산론이 불거지는 이때, 국민의 이목을 끌 만한 새로운 사건이 필요했다. 표면적으로는 언론의 자유화를 보장했기에 자극적이지 않되, 휴머니즘을 강조하고, 노 정권의 출범 이래 인간 승리를 보여줄 만한 특종 말이다.

사경 속에 학력고사 만점, 전국 수석을 차지한 이야기는 현 정부가 원하는 방송상과 절묘하게 맞아떨어졌다.

"그리고 대남이 네 어학연수 비용도 방송국 측에서 장학금 형식으로 지원하기로 했다."

"어학연수요?"

"그래, 앞으로 세상이 별천지처럼 바뀔 텐데 외국 물 좀 먹어야 되지 않겠냐. 설령 어학연수를 선택하지 않는다고 하더라도 장학금 형식으로 거액을 준다고 하더구나. 방송사가 MBS라는 게 걸리지만 다큐멘터리 촬영이니, 딱히 나쁘지 않을 것 같구나."

나쁘지 않은 계산이었다. 방송국 측에서도 김대남이라는 캐릭터를 높게 평가한 것일 터. 더군다나 금양출판과 본인에게도 도움이 되는 일이다. 대남은 자신을 향해 찾아온 기회를 거절할 이유가 없었다.

MBS는 유신 정권과 군사정권의 역사와 뿌리가 엮인 곳이나 다름없었다. 1980년 언론 통폐합을 통해 국가에 소속되다시피 했고 1987년 주식의 70%를 국회에서 제정한 공익 재단인 방송문화진흥회가, 30%는 장수장학회에서 소유하게 되었다.

모든 방송 제작 비용을 시청료가 아닌 광고료로 하고 있어 상업방송으로 볼 수 있지만, 경영은 정부에서 하는 '준공영방송' 체제라고 할 수 있다.

MBS 1TV에서는 상부의 지침대로 〈인간 승리〉를 표방하는 논픽션 드라마 제작에 심혈을 기울였다. 그 결과 때마침 '학력고사 전국 수석의 이야기'가 다큐멘터리 제작을 맡은 김 PD의 눈길을 끌었다.

'대박이다!'

김대남 군의 다큐멘터리가 성사만 된다면 시청률은 따 놓은 당상이었다. 제6공화국이 시작된 이래 과거와 변함없이 뜨거운 관심을 받고 있는 것이 있다면 그건 대한민국의 과도한 '교육열'이었다. 하물며 사경 속에서 학력고사 만점을 받은 김대남 군의 이야기는 그야말로 각본이 필요 없는 드라마다.

금양출판의 승낙이 떨어지자마자 김 PD는 작가와 카메라 감독을 이끌고 부랴부랴 성북동으로 향했다.

"편하게 촬영에 임해주시면 됩니다. 이번 다큐멘터리는 최대한 자연스럽게 갈 겁니다. 대남 씨의 일상생활을 카메라 속에 담는 것이니 저희를 의식할 필요가 없습니다. 또 간간이 제가 질문을 할 텐데 그것에 답변만 해주시면 됩니다."

"아, 네."

연출된 각본에 의해 촬영될 것이라는 당초 예상과 달리 김 PD는 다큐멘터리에 대한 열정이 있는 사람이었다.

"대남 씨, 지금 읽고 있는 책들은 어떤 책들입니까."

"경상 대학에서 주로 쓰이는 전문 서적들입니다."

"선행 학습을 하시는 건가요?"

"아니요, 그냥 취미로 읽고 있습니다."

과연 전국 수석 아니랄까 봐, 취미조차 범상치 않았다.

김 PD는 이미 대남의 수술을 집도했던 한국대학 병원 측의 인터뷰를 받아놓은 상태였다. 병원 측에서 대남의 집중력과 인내심은 이미 사람의 경지를 벗어났다고 우스갯소리를 하며 평가했는데, 곁에서 지켜보자니 그 말이 거짓이 아닌 것 같았다.

하루 온종일을 자리에 앉아 공부만 했다. 학력고사가 끝났음에도 대학 관련 전문 서적들을 읽어 나갔다. 식사 시간을 제외하고는 미동 없이 공부만 하는 그 모습에 김 PD는 대남이 사람인가 싶었다.

"저…… 대남 씨, 사실 촬영에 앞서 산동고등학교를 찾아갔다 들은 제보가 있는데 말입니다. 암기력에 관해서는 타의 추종을 불허한다고 하던데 평가해 보아도 될까요?"

일반 다큐멘터리와는 다르게 대상이 전국 수석이었으니 간단한 실력 검증이 방송의 묘미로 첨가되었다.

대남은 김 PD의 말을 듣자마자 누가 제보했는지 안 봐도 비디오라는 생각이 들었다. 대남이 고개를 끄덕이자 김 PD는 미리 준비해 놓았던 민법전을 꺼내놓았다.

한문과 한글이 섞인 법전이었기에 일반인으로서는 상당히 곤혹스러운 내용들이 담겨 있다.

"범위는 제2편 물권(物權)에서 제3편 채권(債權), 제4장 부당이득(不當利得)까지입니다. 그럼 삼십 분 드리겠습니다."

대남은 삼십여 분 동안 지정해 준 부분의 민법전을 읽어 나갔다. 본래 법학 서적을 공부했기에 민법전의 내용을 알고는 있었지만 외우지는 않았다.

하지만 대남은 삼십여 분이 채 지나기도 전에 민법전을 덮었다. 그 모습에 김 PD가 의아한 표정을 지었다.

'벌써……?'

"민법 627조부터 635조 2항까지 적어보시겠습니까?"

김 PD는 입가에 비릿한 미소를 머금었다. 제아무리 학력고사 전국 수석이라고 할지라도 민법전이라는 두꺼운 책을 단시간 내에 간파하기란 힘들 것이다. 또한 한문이 섞이고 법학 용어가 있어 일반인은 알아볼 수가 없었다.

하지만 김 PD의 예상은 얼마 지나지 않아 무너져 내렸다. 대남이 완벽하게 민법 627조부터 635조 2항까지 적어 내려갔기 때문이다. 옆에 있던 작가가 내용을 확인하고는 놀라 입을 벌렸다.

김 PD가 못 믿겠다는 듯이 곧장 다른 법조문을 시험했지만 그때마다 대남은 토씨 하나 틀리지 않고 한문까지 그대로 적어냈다. 그 모습에 방송국 사람들은 기함을 토할 수밖에 없었다.

김 PD는 놀란 입을 겨우 다문 채 뒤이어 질문을 시도했다.

"대남 씨, 한국대학교 법학과에 지원을 하셨다고 하던데 지원 배경에 관해서 물어봐도 될까요."

"……음, 사실 점수가 남을 거 같아서요."

미래 법조인으로서의 포부를 말할 것이라는 예상과 달리 대남의 입에서는 뜻밖의 이야기가 흘러나왔다. 카메라 감독은 대남의 얼굴을 클로즈업했고, 목울대에 힘을 준 김 PD가 재차 물었다.

"구체적으로 말씀해 주실 수 있겠습니까?"

"아무래도 학력고사를 치게 되면 만점을 받을 것 같았거든요. 그렇게 되면 최대한 점수가 남지 않는 학과를 가고 싶었어요. 점수가 아깝잖아요. 찾다 보니 한국대학교 법학부가 대한민국 문과 계열에서는 가장 점수가 높더라고요. 뭐 그래도 점수가 남았지만요."

어떻게 보면 건방진 발언이었지만, 학력고사 만점자의 입에서 흘러나온 말이기에 마냥 건방지다고 치부할 수는 없었다.

대남은 법조인으로서의 꿈은 없었다. 하지만 대한민국이라는 나라에서 살기 위해서는 법을 알고 이용하는 것이 가장 중요하다는 사실을 깨달았다.

법은 가난한 사람들을 괴롭히지만, 부자들은 법을 지배한다는 말이 있다. 파리는 법이라는 촘촘한 그물망에 걸려 죽을지 모르나 하늘소는 촘촘한 그물망을 뚫고 지나간다. 과연 대남이 앞으로 어떤 인물이 될지는 두고 보면 될 일이었다.

김 PD는 오늘 촬영의 대미를 장식할 마지막 질문을 하기 위해 뜸을 들였다.

"……그 말인즉, 법에 대한 수학은 하겠으나 법조인이 될 생각은 없다는 겁니까?"

자극적인 질문이지만 앞선 대남의 대답을 들어보면 안 하려야 안 할 수가 없었다.

"네, 없습니다."

망설임이라고는 찾아볼 수 없는 단호한 대남의 목소리가 김

PD의 귓가를 파고들었다.

촬영을 시작하기 전 김 PD는 호언장담을 한 것과는 다르게 연출을 하지 않고 촬영을 한다는 것이 내심 마음에 걸렸었다. 하지만 조금 전 대남의 말 한마디에 그 부담감을 깨끗이 비워 냈다.

'대박이다.'

취지에는 벗어날지 모르나 시청률적으로 대박, 말 그대로 대박이었다.

- 11장 -
그날 속으로

다큐멘터리 촬영팀은 연일로 성북동을 방문했다. 경쟁 방송사인 KBC 1TV에서 서민들의 애환을 담은 다큐멘터리 촬영에 만전을 기한다는 소문을 접했기 때문이다.

상부에서도 이번 다큐멘터리에 대한 관심이 크다. 부담감이 김 PD의 양어깨를 짓눌렀지만 첫 촬영을 생각하면 입가에 자연히 미소가 띠어졌다.

<인간 승리>라는 촬영 취지는 벗어날지 모르나 새로운 천재의 태동에 대한 사람들의 관심과 열기는 뜨거울 것이다.

영상미와 교육 효과를 중점으로 하는 다큐멘터리의 철학 속에서 대남의 수기와 언행은 그 존재만으로도 이목을 끌 만한 가치가 있었다.

"오늘도 편하게 촬영에 임해주시면 됩니다. 어제처럼 제가 이따금 질문을 드릴 텐데 거기에 답변만 해주시면 됩니다."

"네."

아침 식사 자리에서 부모님은 방송국 사람들을 의식 안 하려야 안 할 수가 없었다. 특히 어머니는 방송국 카메라 때문인지 아침부터 화장을 한 채로 식사를 준비했다. 아버지 또한 평소에는 입지 않으시던 양복을 꺼내 입으시고는 출근을 준비했다.

조간신문을 멋들어지게 바라보고 있던 아버지가 미간을 찌푸렸다.

"정말 일본의 경제성장이 무섭구나. 말도 되지 않을 만큼 폭발적으로 성장을 가하고 있으니. 지금 일본이 세계 경제를 장악하고 있다는 말이 과언이 아니야. 이러다 우리나라도 일본처럼 모든 물가가 폭등할까 봐 무섭구나."

"걱정하실 필요 없어요."

조간신문에 기재된 일본 경제의 소식을 읽으시던 아버지의 말에 대남은 고개를 가로저었다. 일본의 자산 가치 상승 현상은 몇 년 전부터 주목되어 왔던 현상이다.

작년 시가총액 기준 세계 50대 기업 중 3분의 2 이상이 일본 기업이었다. 우스갯소리로 일본 수도권의 땅값이 미국 전역과 동일하다는 말이 나돌 정도였다.

"현재 일본의 부동산과 주식 상승 현상은 비정상적인 거예요. 오일쇼크 이후 반등한 주식시장의 급상승과 불패 신화를 이룩한 부동산 시장의 허영만을 좇아 호재가 계속되고 있긴 하지만 기업들의 현금 흐름은 이미 악순환으로 접어들었어요. 한마디로 돈의 광기에 미친 거나 다름없죠. 흑자도산이 괜히 있는 말이 아니고, 비상식적인 경제성장으로 비롯된 일본 전역의 광기는 붕괴될 겁니다. 그리고 그 후에는 빠져나오지 못할 침체만이 남겠죠."

일본의 주식시장과 부동산이 연일 최고가를 경신한다는 것은 뉴스만 봐도 알 법한 사실이었다. 일본 국민은 자국을 지상 낙원이라 평가했으며, 세계 2위의 경제 대국이라는 타이틀은 그 자부심을 고양시켰다.

"그래도 쉽게 무너지겠냐. 지금 일본 부동산값이 하루가 다르게 올라가고 있다고 하던데 말이다."

"아버지, 결정적으로 무에서 유는 창조될 수가 없어요. 지금 일본은 부동산값이 올라가는 게 아니라, 그들의 숨통이 점차 조여지고 있는 거예요."

카메라 감독은 대남의 말을 하나도 빠짐없이 잡아내었다. 일본의 경제는 지난 몇 년간 절정기를 계속 경신했기 때문에, 전문가들조차 일본의 경제성장에 관해서는 명확한 예견을 하지 못하는 상태였다. 한데 대남이 그것을 반박하는 의견을 밥상머리에서 내놓았다.

김 PD는 일순 희열감을 느꼈다. 고명한 경제학자라면 예측 가능한 이야기였지만 지금 대남의 나이는 불과 스물이었다. 천재를 선망하는 대한민국 국민의 특성상, 방송으로 분명 좋은 그림이 연출될 것이 뻔했다.

아침 식사가 끝이 나고 이전과 다름없는 일상이 지속될 것이라는 예상과 달리 대남은 외출 준비를 했다. 그 모습을 바라보고 있던 김 PD가 입을 열었다.

"대남 씨, 오늘 외출을 하시려고 하는 것 같은데…… 친구들을 만나시는 겁니까?"

"아니요. 신촌에 갈 생각입니다."

"신촌에요?"

"네, 그곳에서 만날 사람들이 있거든요."

신촌 일대는 대학이 몰려 있는 젊음의 거리라 칭할 수가 있다. 한때 대한민국의 브로드웨이라 칭송받으며 찬란한 개화의 시기를 바랄 때도 있었지만 식상한 졸작들의 연이은 행렬에 더불어 발전 없는 연극인들의 태도에 중흥은 그대로 진창에 발이 묶이고야 말았다.

그나마 명맥을 이어오던 소극장들이 연이어 폐관을 했고 나머지도 숨 가쁜 실정을 이어가기는 매한가지였다. 그런 연극계에 새로운 교두보 역할을 할 극단이 떠올랐다. 바로 '한울림'

극단이었다.

낡은 소극장을 인수해 재건축한 '한울림' 극단은 김장우 감독의 집념과 신념이 집대성된 곳이라 해도 과언이 아니었다. 또한 지금 신촌 일대가 가장 주목하는 소극장이기도 했다.

"오랜만이다."

"지난번에 병문안 오셨으면서 뭐가 오랜만이에요."

"인마, TV에 나오는데 이렇게 해야지."

대남과 김장우 감독은 허물없는 사이가 되었다. 나이 차가 있긴 했지만 목스 녹스라는 작품에 빛을 발하게 한 것이 다름 아닌 대남이었다. 금양출판에서 발간된 목스 녹스를 통해 지금의 한울림을 만들었기에 장우는 대남에게 크게 감사했다.

극단에는 각자의 역할을 맡은 연극인들과 연출가들이 두루 있었다.

"극단 이름이 한울림인 것에는 이유가 있습니까?"

"한 많은 사람들의 울림이라는 뜻이지요."

김 PD의 물음에 김장우 감독이 대신 대답했다.

"오늘부터 목스 녹스 연습 들어가는 날이죠?"

"그래, 기대하는 바가 크다."

대남은 김장우 감독에게서 목스 녹스의 연습 날짜를 미리 듣고 한울림을 방문했다. 판권 자체가 금양출판에 있었으니 방송 효과를 톡톡히 보게 하려는 심산이었다.

더불어 이번 방송을 계기로 연극계가 크게 도약을 할 수 있다고 생각했다.

오늘만큼은 특별히 탁상에 앉아 대본 리딩을 하는 것이 아닌 무대 위에서 동선을 따라 움직이며 대본을 읊었다.

'목스 녹스'는 독립운동이라는 주제를 밑거름 삼아 주성화 의사의 일대기를 그린 연극이었기에 김 PD 또한 흥미롭게 연극 연습을 주시했다.

메마르고 얼어버린 대지에 다시 봄날이 오기를 고대하듯 독립운동가의 열망이 깃든 무대 위는 박진감이 넘쳤다.

비록 연습에 불과했지만 일본 순사 역할을 맡은 연극인들의 어투는 그야말로 그 시대의 악랄하고 저열한 순사를 그대로 재현한 것 같았다.

"난 울지 않는다."

주성화 의사 역할을 맡은 연극인, 한세희가 그 모습을 드러냈다. 나지막이 내뱉는 그녀의 목소리에는 말로 표현할 수 없는 힘이 있었다. 무대 위와 떨어져 있는 객석이었지만 마치 바로 옆자리에서 속삭이는 것처럼 발성이 좋았고 표정에는 생동감이 넘쳤다.

"신흥무관학교를 졸업한 그 시점부터 난 울지 않기로 결심했다. 일제 치하의 세상에 만족을 하고 살아가는 사람들은 일제를 배불리 살찌우게 하는 좀일 뿐이다. 여태껏 눈앞에서 수많은 동료 투사들이 일제의 손아귀에 목숨을 뺏겼다. 하지만 그들의 피와 육신이 이 땅 위에 흩뿌려질 때마다 일제는 두려움을 느꼈을 것이다."

한세희가 한 발자국 발을 움직여 앞으로 나섰다. 그녀는 지그시 감았던 눈을 뜨고는 그대로 객석을 바라봤다. 대남은 한세희의 눈빛을 보자 성욱이가 떠올랐다.

슬픔이 밀려와 울부짖었던 그녀의 모습이 생각이 났다. 한아이의 어머니였던 그녀가 아들과의 약속을 위해, 이제는 무대 위의 독립운동가가 되어 일장 연설을 하고 있다. 주성화 의사, 마치 그녀처럼.

"우리의 피가 일제를 향해 흩뿌려질수록 독립에 대한 포문은 점차 열릴 것이며 육신을 거름 삼아 조선을 다시 태어나게 할 것이다. 나와 뜻을 함께할 이들은 총을 부여잡아라."

테치루 총독 암살 작전을 펼치기 한 해 전, 그녀는 수적 열세가 자명했던 고홍산 전투에서 선봉대를 맡았었다. 그녀는 일제의 총탄에 겁을 먹은 동료들을 향해 엄중히 말했다. 동료 투사들이 떨리는 손으로 각자의 병장기를 휘어잡았다.

고홍산 전투, 수많은 사상자를 냈던 패배였기에 그들의 얼굴에는 고단함이 가득했다. 하지만 부상당한 동료들의 탈출 시간을 벌기 위해서는 시간을 끌어야만 했다. 훗날을 기약하기 위해 선봉대가 앞장서야 하는 상황이었다.

그러나, 산 아래 빼곡히 들어찬 일제 병사들을 바라보자면 선봉대는 분명 살아남을 수 없을 것이다. 그녀는 이러한 상황 속에서 동료들을 향해 담담히 말했다.

"오늘 우리는 동료들을 위해 죽을 것이며, 훗날 동료들은 내일의 조선을 위해 죽을 것이다. 자, 모두 지하에서 만나자."

고요함이 깃든 객석 위로 그녀의 목소리가 다시 힘차게 울렸다.

긴박감 넘치는 연극 연습을 방송국 사람들을 비롯해 대남마저도 몰두해서 바라봤다. 분명 연습이었지만 실전을 방불케 했다. 의상을 갖춰 입지 않았음에도 한세희의 모습은 마치 1931년 당시의 독립투사 같았다.

그녀의 호소력 짙은 목소리와 모습에 김 PD는 놀랄 수밖에 없었다. 여태껏 연극을 방송드라마와 영화보다 한 단계 낮은 문화 예술이라고 평가했었다.

하지만 오늘을 기점으로 그 평가는 달라졌다. 또한 다큐멘터리를 통해 보일 '폭스 녹스'의 연습 영상은 문화 예술계에 엄청난 파장을 불러일으킬 것이라 짐작했다.

탕!

경성의 유곽에서 술잔치를 벌이던 앞잡이들의 머리에 구멍이 났다. 총소리에 기생들은 놀라 도망치기 바빴다. 곧 있으면 순사들이 몰려올 것이 자명하다.

뜨거운 총신이 채 식기도 전에 김장신과 주성화는 서둘러 담벼락을 넘어 도망쳐야만 했다. 담벼락을 넘자마자 뒤이어 나타난 순사들이 일제히 그들의 뒤를 쫓았다.

탕! 탕! 탕!

도망치는 그들을 향해 순사가 쏜 총탄이 날아들었다. 옷깃이 잘리고 핏물이 튀었다. 총알이 박히지 않고 스쳐 지나갔을 뿐이지만 살점이 너덜너덜해졌다. 주성화는 이를 악다문 채 발걸음을 놀렸다.

떠오르는 태양에 어둠은 사라졌지만 우거진 수풀은 여전히 그늘졌다. 이파리와 나뭇가지가 사정없이 총탄에 찢긴 피부를 베고, 찔렀다.

핏물이 그득 나왔지만 발걸음을 멈추지 않았다. 이윽고 순사들의 소리가 잦아들자 김장신과 주성화는 큰 바위 아래 몸을 기대고 숨을 돌렸다.

"짜증 나는군."

김장신이 낮게 말했다. 그는 이런 독립운동에 대해 이미 염증이 났다. 왜놈들에게 투항한다면 항상 배부르고 기름진 생활을 할 수 있을 터였다. 주성화와는 오랜 연인이었지만 그 사상부터가 달라지고 있었다.

"성화, 넌 항상 이렇게 죽을 둥 살 둥 사는 게 지겹지도 않나."

김장신의 회의감 깃든 목소리에 주성화는 고개를 가로저었다. 과거 독립운동의 요람이라 불린 신흥무관학교에 있을 때만 해도 그는 이렇지 않았었다. 하지만 실제 독립운동의 뜨거움과 치열함에 곯아 신물이 난 것일 테지.

그녀는 너덜거리는 살점을 옷감을 이용해 강제로 동여매었다. 아프지만 참고 인내해야만 했다.

"장신, 만주의 허리에 줄지어 세워진 요람 속에서 우리는 사명을 안은 채 다시 태어났었지. 지금 이 순간에도 함께 독립을 약속한 수많은 형제자매가 죽어 나가고 있을 거야. 우리는 그들을 위해서라도 맞서 싸워야 해."

"과거에 죽어간 친구들을 위해서 우리까지 죽을 필요는 없어! 우리가 이렇게 독립운동을 한다고 해서 알아주는 사람이 도대체 누가 있는 거지…… 슬프지만 사실이 아닌가, 이런 생활이 넌 후회가 되지 않나."

우거진 나무 그늘에 햇빛이 반사되어 팅기듯, 김장신은 날이 곤두선 채로 그녀의 말에 반박했다. 사실 그녀 또한 턱밑을 파고드는 총탄과 칼날의 압박에 공포심을 못 느끼는 것은 아니었다.

"이 땅이 자유를 되찾는다면 설령 죽을지라도, 그 누구도 날 기억하지 못한다고 해도 후회는 없어."

독립운동의 초석을 다지며 죽어간 동료들을 위해.

찬란한 독립을 맞이할 후대를 위해.

이날의 고통을 견뎌냈다.

- 12장 -
원석

삼일절이 지나가고 2일 상오 전국적으로 대학교들이 학사 업무를 시작했다.

한국대학교 또한 학사 업무를 시작함에 앞서 입학식을 거행했는데, 사천여 명의 신입생이 단과대학별로 줄지어 서 있는 모습이 장관을 이뤘다. 대강당 안은 신입생들과 학부모들로 발 디딜 틈 없이 북적였다.

입학식이 치러지기 일주일 전, 총학 주최의 오리엔테이션이 실시되었다. 하지만 시대가 시대이니만큼, 오리엔테이션의 분위기 또한 밝지만은 않았다.

검찰총장의 하달 아래, 이데올로기적 이념이 대립하는 공산주의 사상에 물든 대학생들을 발본색원하는 것은 물론이거니와 입학생과 재학생을 대상으로 조사를 실시했다. 전국 대학교를 대상으로 했기에 한국대학교 또한 예외는 아니었다.

하지만 사막에도 꽃은 핀다고, 이러한 분위기 속에서 이미 친해진 신입생들도 더러 있었다.

대남은 불가피하게 오리엔테이션을 참석하지 못했다. 그럼에도 불구하고 대남의 얼굴을 알아보는 이들이 제법 되었다. 지식의 요충지라는 관악, 한국대학교 전체 수석은 물론이거니와 전국 수석이라는 타이틀 때문이었다.

하물며 MBS 1TV를 통해 방영된 다큐멘터리 〈천재라는 이름으로 上〉이 방송 시간 대비 최고의 시청률을 갱신했다.

다큐멘터리 속에서 비친 대남의 모습은 그야말로 불세출의 천재가 따로 없었다. 법조문을 암기하는 대목에서는 연출이 아니냐는 의혹이 빗발쳤다.

또한 한국대학교 법학부라는 대한민국 제일의 학부를 점수가 남아서 선택했다는 망발과 법조인이 될 생각이 없다는 단호한 언행은 논란을 일으키기에 충분했다.

한편, 〈천재라는 이름으로 下편〉이 금일 방영됨으로 대남에 대한 사람들의 기대심과 관심은 더욱 커졌다고 볼 수 있었다.

각 학부의 학생회가 입학식 대열을 정리했는데, 대남을 쳐다보는 재학생들의 시선이 곱지만은 않다.

"네가 김대남이구나, 반갑다. 법학과 학회장 서찬구다."

"아, 네. 안녕하십니까."

"방송에서 힘 좀 빼고 말하지 그랬냐. 아무리 천재라고 할지라도 관악 아래에 모이면 범재일 뿐이야. 다들 한 끗 차이로 전국 수석을 차지 못 한 이들이 지천에 깔렸으니 말이지. 다음부터는 언행에 신경 쓰면서 다니도록 해라. 꼴통을 좋아하는 곳은 어디에도 없으니까."

서찬구는 잠자리 안경을 낀 서글서글한 눈매가 인상적인 사람이었다. 은연중에 대남을 흘기듯 쳐다보는 시선이 많았는데, 서찬구가 그걸 보다 못해 앞장서 대남에게 꾸지람을 가한 것이다. 혹여나 다른 선배들이 훈수를 가장한 질타를 대남에게 가하기 전에 말이다.

학생회장의 배려에 다른 선배들이 대남에게 시비를 거는 경우는 없었다. 신입생들 입장에선 대남이 오히려 신기해 보이는 듯했다.

당신들도 지역에서는 수재라고 인정받으며 살아왔는데 다큐멘터리 속 대남은 수재 속의 수재라 칭해도 부족함이 없었기 때문이다.

더군다나 법학 서적 말고도 경상 대학 전문 서적까지 독파하는 모습은 범상치 않았다.

한국대학교 법학부의 전통은 입학식 날 개강 뒤풀이를 함께 시작한다는 것이다.

사실 말이 뒤풀이지, 법학도답게 세상의 휘황찬란한 변화에 넋두리를 늘어놓는 자리나 진배없었다. 이윽고 학생회뿐만 아니라 재학생 선배들이 앞다투어 약속된 대폿집으로 모여들었다.

"아니, 그래도 그렇지 총학 회장을 비롯해서 여러 명이 잡혀 갔는데도 세상이 변하지 않는 게 말이 되냐고!"

술기운이 올라온 것일까, 뒤풀이를 위해 모인 대폿집에서 학생회장 서찬구가 눈이 시뻘게져서 소리쳤다.

재학생들은 서찬구의 말에 쓴 소주를 들이켤 뿐이고 신입 생들은 상황을 몰라 어안이 벙벙한 표정이다.

'과잉 수사 때문이군.'

대남은 근래 신문 기사를 자주 접했기 때문에 서찬구의 행동이 의미하는 바를 모르지 않았다.

최근 검찰에서는 전국 각 대학의 총학생회가 신입생 및 재학생을 대상으로 공산주의 사상을 선전하여 사상을 오염시키고 있다는 것을 포착해 방임하지 않겠다는 의견을 공표했다.

"이번에 부학회장 도원이 팬 놈들이 뭐라고 하는지 아나, 도원이 인마가 자기네들한테 간첩 활동 하다가 시기를 봐서 월북하자고 꼬드겼다고 하더라. 나 참, 기가 막혀서. 검찰에서는 또 그걸 신빙성 있게 받아들이고 있고 말이야. 피해자는 분명 있는데 가해자는 오히려 자기가 피해자라고 하니……."

서찬구는 슬픔을 지워내려는 듯 소주를 연거푸 들이켰다. 덕분에 뒤풀이 분위기가 오묘해졌다.

법조인의 미래를 꿈꾸는 법학도들 사이에서 요즘 불거지는 '국가보안법 위반' 사례에 대해서 모르는 이는 없었다.

"다음 주에 나랑 같이 가해자 변호사 만나러 가 볼 사람 없나. 그쪽 변호사가 우리 법학부 75학번 선배라고 하더라. 이렇게 가다가는 도원이 꼼짝없이 반병신된 몸으로 징역 살게 생겼다. 이게 말이나 되는 일이냐고!"

서찬구의 말에도 다들 고개를 숙일 뿐 아무 말도 하지 못했다. 명실상부 한국대학교 법학부는 미래의 검찰총장, 대법관이 태어나는 곳이라 해도 과언이 아니었다.

법조인으로서의 부푼 꿈을 품은 법학도들이 자신의 앞날에 누가 되는 짓은 할 수가 없었다.

더군다나 현재 부학회장 김도원을 수사하는 검찰과 그에 공조하는 변호사 또한 한국대학교 출신들이다. 법조계 선배들에게 눈도장을 찍어놔도 모자랄 판에 모날 필요는 없는 것이다.

"……6월 민주항쟁이 일어난 지 불과 2년도 채 지나지 않았다. 그런데 이 땅의 민주주의는 아직도 땅바닥에서 올라올 생각을 하지 않는다. 내 친구 김도원이가 북파 공작원이라고? 개좆 잡아먹는 소리 그만하라고 해라. 평소에 학생운동 하는 게 마음에 안 드니까 이번 기회에 아예 조지려고 남산으로 끌고

간 게 아니겠나."

서찬구의 목소리는 점점 커졌다. 그는 학부생들의 의중을 모르는 바 아니었지만 이렇게 대놓고 외면을 하니 입안이 텁텁했다.

대부분이 고개를 숙였다. 개중에는 술자리에서 먼저 일어난 사람도 있었다. 이런 자리에 있다가 혹여 잡음이 새어 나갈 것을 두려워해서였다.

"도원이 팔다리 인대가 찢어지고 탈진을 얼마나 했는지 지금은 말도 제대로 못 한다. 멀쩡했던 김도원이가 지금은 반병신이 돼서 누구 도움 없이는 똥오줌도 제대로 못 가리게 됐다 이 말이다. 그런데 그런 친구가 이대로 가다가는 북괴 공작원이라는 누명 쓰고 그대로 징역 살게 생겼다. 이래도 같이 목소리 높여줄 친구가 아무도 없는 거가!"

사법부를 향해 목소리를 높인다? 법학부 학생들에게 있어 쉽지 않은 선택이다. 범법자가 되는 즉시, 미래의 청사진이 찢겨 나가는 것이나 다름없었기 때문이다.

하물며 김도원의 뒤를 이어 불법 구금을 당하지 않으리라는 법도 없었다. 세상은 격변기를 맞이하며 시시각각 급변하고 있었지만 아직까진 분명 과거의 잔재가 남아 있었다.

아무도 입을 열지 않고 묵묵부답을 유지하자 서찬구가 소주잔을 소리 나게 내려놓았다.

서찬구는 그 아무도 도와주지 않는다 해도 혼자서 싸워 나갈 작정이었다. 친구 김도원을 위해서라면 사법시험이 대수겠는가. 양심을 어기고 검·판사가 된다고 한들 현실 속에서 악몽을 꾸듯 살아갈 게 뻔했기 때문이다.

"제가 함께 가겠습니다."

그 순간, 적막한 대폿집 안에 청명한 목소리가 울려 퍼졌다. 그곳으로 일제히 이목이 집중되었다. 이윽고 다들 눈을 크게 뜨고 놀랄 수밖에 없었다.

신입생들로만 이뤄진 술자리 속에서 그 소리가 터져 나왔기 때문이었고, 그 시선이 향한 곳에는 자리에서 일어선 대남이 있었다.

"김대남이라고 했지. 도대체 뭘 믿고 같이 가자고 하는 거냐. 내가 술에 취해서 동기들한테 하소연하듯이 푸념한 거지, 신입생들한테까지 강요한 건 아니었다."

뒤풀이를 파하고 대폿집 뒷담에서 서찬구는 연초를 말아 피우며 말했다. 뿌연 연기가 어두운 하늘 위로 솟아올랐다. 어둡게 가려진 세상으로 한 줄기 연기가 흡사 잡아먹히듯 사라졌다.

"김대남, 괜히 객기 부려서 같이 가자고 한 것 같은데 뭐라고 안 할 테니까 걱정하지 마라. 나 그렇게 속 좁은 선배 아니니까."

"객기 부린 거 아닙니다."

"인마, 나랑 같이 변호사 만나러 가면 네 앞날에도 지장 있을지 모른다. 한국대학교 전체 수석이라고 해도 북괴라고 누명 쓰면 꼼짝없이 죽는 거 모르나. 빨간 줄 그이는 그 순간부터 사법시험은 물 건너간 거다. 설령 지금 당장 그놈들 수사망에 안 오른다고 해도 훗날까지는 어떻게 장담할 수가 없다."

앞날이 창창한 후배의 길까지 가로막을 수는 없었다. 더군다나 대남은 이제 막 대학교에 입학한 신입생이었다. 학회장으로서 신입생에게 이런 막중한 책임감을 어깨에 짊어지게 할 수는 없다.

객기를 부린 것은, 가혹하다 못해 참혹한 친구의 모습에 그저 잠깐 정신을 놓고 술자리에서 언성을 높인 자신이 아니었을까. 서찬구는 스스로를 책망했다.

"어차피 지금 선배들 전부 앞날 막힐까 봐 함부로 행동하지 못하는 거 아닙니까. 다들 지성인이니까 잘잘못을 가릴 줄 알 텐데 말입니다. 저는 그들을 비난할 생각은 없습니다. 만약 제가 사법시험을 준비하는 법학도의 입장이었다면 당연히 손을 들지 못했을 테니까요."

"……"

"저는 법조인이 될 생각이 없습니다. 하지만 언론에도 얼굴을 비췄고 한국대학교 법학부에서 가장 쓸 만한 리볼버는 제가 아니겠습니까. 또 선배의 말에 혹해서 자리에서 일어난 것도 아닙니다."

"그럼?"

"제 총구의 방향은 제가 정합니다. 방아쇠도 제가 당기고요."

눅눅한 공기가 어깨를 짓눌렀다. 서찬구는 자기가 여태껏 무엇 때문에 고민을 했고 동기들의 도움을 바랐는지 알 것 같았다. 바로 막연한 두려움.

친구 김도원의 달라진 모습을 처음 보았을 때는 손발이 떨려 말조차 제대로 나오지 않았다. 한데 이제 일면식도 없는 청년이 자신을 도와주겠다고 나섰다.

그는 도원이를 알지도 못하는 일개 신입생일 뿐이다. 오로지 당신의 신념에 의지해 움직일 뿐이다.

여태껏 어깨를 짓누른 것은 신념의 무게였나, 아니면 망설임의 무게였나.

신입생의 말 한마디에 머리가 차가워졌다.

"꼴통, 고맙다."

대남은 일 학년 일 학기 수강 신청을 커리큘럼대로 진행하지 않았다. 본래라면 교양과목을 필두로 외국어 회화 과목을 수강했어야 하지만 심심한 과목들의 행렬에 전공과목을 냅다 집어넣어 버렸다.

'형사소송법'

보통 삼 학년에 접어들어서야 수강하는 형소법이었지만 대남은 거리낌이 없었다.

"정말 형사소송법 들을 거니? 지금 들어봐야 이해가 되지 않을 텐데……."

"괜찮습니다."

일 학년들은 대개 전공과목을 선택하지 않았기에 법학과 사무실을 지키던 조교가 의아한 표정으로 대남을 바라봤다.

대수롭지 않아 하는 대남의 얼굴을 유심히 뜯어보던 조교가 이내 손바닥을 치며 입을 열었다.

"너, 그 다큐멘터리에 나오는 전국 수석 맞지!"

대남이 낮게 고개를 끄덕이자 그제야 조교가 호들갑을 떨었다. 요즘 법학부에서 가장 유명한 인사는 다름 아닌 대남이었다. 이미 개강 뒤풀이 날 학회장의 말에 유일하게 동조를 표한 신입생이라고 재학생들 사이에서 수군거리는 소리가 조교의 귓가에까지 들렸다.

"한번 버텨봐, 너처럼 호기심에 전공과목 선택하는 일 학년들이 종종 있기는 한데 다들 일주일도 못 가서 제풀에 지쳐 수강 변경하러 오더라고. 거기다가 형소법을 선택하다니, 너 깡도 좋다."

불가능에 도전하는 사람을 비웃는 것처럼 자조 섞인 조교의 말소리에도 대남은 괘념치 않았다.

사람의 생각을 바꾸는 것은 말로 설득하는 것보다 행동으로 보여주는 것이 더 빨랐기에.

"어때, 학교 생활은 할 만하냐."

식사 자리에서 아버지가 대남에게 물었다. 파주 출판 단지는 현재 대남의 다큐멘터리로 인해 호황을 누리고 있었다.

방송 효과를 톡톡히 본 것이다. 더불어 연극 '목스 녹스'의 연습 영상은 대남의 발언만큼이나 큰 화제가 되었다.

목스 녹스의 판권을 가지고 있는 아버지로서는 행복한 나날의 연속이 아닐 수 없었다.

"개강한 지 며칠 지나지 않았는데요, 뭘."

"아들, 시대가 바뀌었다고는 해도 학생운동 같은 거는 하면 안 돼."

"저 그런 거 안 하는 거 아시면서."

"그래, 엄마 말이 맞다. 한국대학교 법학도인데 앞날을 생각해서라도 학생운동은 하면 안 된다."

평소에는 어머니의 말에도 가타부타 말하지 않으시던 아버지조차 이번만큼은 강경했다.

아버지는 출판업을 하시면서 학생운동뿐만 아니라 불온서적을 잘못 봐서 연행된 학생을 여럿 본 경험이 있었다. 아버지는 사회생활을 하면서 주홍글씨가 적힌다는 게 무슨 의미인지를 너무나도 잘 알았다.

"알겠어요."

오후 무렵, 학교에 도착한 대남은 형소법 강의를 듣기 위해 걸음을 바삐 옮겼다.

형사소송법은 선필 과목 중 하나로, 법학도들이 무조건 들어야 하는 수업은 아니었다. 더군다나 형소법을 맡은 나중학 교수가 여간 깐깐하기로 소문난 사람이 아니라, 재학생들 사이에서는 기피되는 수업이라 할 수 있다.

대남이 강의실로 들어서자 얼굴을 알아보고 흘겨보는 사람들이 있는 반면, 신경을 아예 쓰지 않는 사람도 있었다. 어차피 치기 어린 일 학년의 전공과목 선택은 예년과 별다를 바 없이 불행한 결말을 맞이할 게 뻔했으니.

끼리릭.

곧이어 강의실 문을 열어젖히는 소리와 함께 백발이 성성한 노년의 교수가 느릿한 걸음걸이로 교단에 모습을 드러냈다. 노년의 교수는 안경 뒤로 보이는 눈매가 날카로운 게 젊었을 적에는 꽤나 무서웠을 법한 인상이었다.

"형소법의 체계에 관해서 설명하겠다."

본인을 소개하지도 출석을 부르지도 않았다. 단호한 말을 시작으로 수업은 시작되었다.

"형소법의 체계로는 대개 두 가지 개념이 나뉘어 있다. 불란서와 이태리 등지에서 파생되어 나온 대륙법 계통, 영국에서 발달되어 내려오는 영미법 계통. 대륙법 계통은 정확성과 기술성에 취중이 되어 상식과는 멀지 모르나 단단한 법체계를 구성하고 있는 반면 영미법 계통은 기술성보다는 합리성과 개인의 기본 인권에 관해 중점을……"

나중학 교수의 특징으로는, 절대로 판서를 하지 않는다는 것이다. 책을 비롯한 자신의 경험담을 토대로 형소법에 대해 강의를 시작하니, 그 말 한 마디 한 마디가 전부 시험 범위에 포함되었다. 학생들은 나 교수의 말을 한 마디라도 놓칠세라 필기에 여념이 없었다.

나 교수 또한 수강을 듣는 대부분이 이 학년 전공과목 등을 수학하고 온 법학도들이라 기본적인 법학개론에 대해 설명을 하지 않았고, 학생들 수준을 높게 봐서인지 설명을 자체적으로 줄이는 경우도 잦았다. 한마디로 꽤나 불친절하고 난이도가 높은 수업이었다.

불행 중 다행이라면, 대남은 이미 형소법에 관한 기본적인 공부를 끝마친 상태였다. 독학이기는 했지만 시중에 나온 전문 서적 등을 외우다시피 공부했으니 말이다.

"음, 대부분이 내 말을 받아 적느라 고생이 많군. 개강하고 첫 수업인데 내가 너무 진도를 많이 나가는 게 아닌가 싶어. 그나저나 여기 김대남이가 누군가."

"접니다."

"그래. 다른 건 아니고 출석부 명단에 일 학년이 적혀 있기에 신기해서 물어봤다. 한데 너, 내 소문은 못 들었나. 만약 소문을 들었으면 이 수업을 선택했을 리가 없을 텐데……. 난 흰머리가 송송 난 할아버지라고 해서 시험 성적을 인자하게 주는 성격은 아닌데 말이다. 지금이라도 좋으니 수업이 이해가 되지 않는다면 어서 빨리 수강 변경을 신청하거라."

까다로운 성격답게 나 교수는 대남을 향해 꾸짖듯 말했다. 일 학년 중 자신을 천재라고 믿는 소수가 간혹가다 전공과목을 선택하기도 했다.

나 교수는 그런 것이 싫었다. 차곡차곡 밑에서부터 지식을 쌓아 올라온 뒤 강의를 들어도 모자랄 판에 월반이라니, 건방지기 짝이 없다.

"수업 내용은 전부 이해가 갑니다."

"이해가 간다고?"

"네."

대남의 단호한 대답에 나 교수의 눈꼬리가 휘어졌다. 송사리들이 모여 있는 민물에 간혹가다 월척이 낚이기도 하지. 하지만 대부분은 낚시꾼을 교묘하게 속이는 쓰레기들일 뿐이다.

"그래, 한국대학교에 입학할 정도면 선행 학습을 했어도 이상하지는 않지. 그러면 뭐 하나 좀 물어보겠네. 근래 들어 형소법 개정에 관한 논의가 국회에서 활발하게 펼쳐지고 있지. 그 원인과 이유에 대해서 설명할 수 있겠나. 만약 내가 만족할 만한 답변이 나온다면 앞으로 수업에 나오지 않아도 학점은 보장하지. 김대남 학생 말고도 도전하고 싶은 학생이 있으면 얼마든지 손을 들고 말해보게나."

형소법 사례 혹은 법의 체계에 관련된 질문이 나올 줄 알았는데 개정안에 관한 내용이라니 당황스러웠다. 재학생들도 당혹스럽기는 마찬가지인지 모두 꿀 먹은 벙어리가 되어 자리에 얌전히 앉아 있다.

그 모습을 바라보고 있던 나 교수가 실망한 표정을 지으며 혀를 찼다.

"아무도 없는 겐……."

그 순간, 나 교수의 말꼬리를 자르며 대남이 입을 열었다.

"교수님, 형사소송법의 목적은 어디까지나 국가 형벌권의 엄정한 위력을 행사하기 위해 존재한다고 봐야 합니다. 또한 국법의 질서를 유지하고 법을 수행함에 있어 유린되기 쉬운 개인의 인권을 보호하고 보장하는 권리장전의 역할을 수행해야 합니다. 하지만 현실은 어떻습니까."

나 교수는 주의 깊게 대남을 바라봤다. 겁먹은 기색 하나 없이 자신의 의견을 피력하고 있다. 그 대상은 교수 본인을 향한 것이 아니라 강의실 전체를 대상으로 말하는 것 같았다. 마치 법정에 선 변호사처럼.

"자백의 증거 제한, 고문의 금지, 구속적부심사 청구권 등 수많은 법률이 인권을 신장시키기 위해 존재하고 있습니다. 하지만, 과거에도 이러한 법률들이 있었음에도 제대로 이행되지 않았습니다. 몇몇 사례를 살펴보시면 아시겠지만, 사법권의 음지에서는 아직도 형소법에 기재된 법률대로 정의롭게 법 집행이 이뤄지는 것이 아니라 폭력성으로 얼룩진 야만스러운 수사 방법이 자행되고 있습니다."

대남은 잠시 말을 멈추고 주위를 둘러봤다. 이윽고 학생들의 눈동자를 훑어보던 대남이 나 교수를 직시했다.

"현재 소추권 행사의 공정을 위한 재정신청은 형법 제260조에 의거한 공무원의 직권남용, 불법체포, 감금, 폭행 등에 한해 받아들여지고 있습니다. 이 말인즉, 다른 행위로 인한 검찰의 불기소처분에 관해서는 국민이 제대로 대항하기가 힘들다는 말입니다. 수사기관의 부당한 인신 구속과 국민의 재판청구권을 보장하기 위해서는 필시 형소법은 개정되어야 합니다."

나 교수는 고개를 주억거려 보였다. 예상외로 꽤나 명확한 답변이었기 때문이다. 실제로 법조계에서 형소법의 개정 이유를 바라는 취지와 일맥상통하는 내용이 더러 있었다.

평소 형소법에 관해 관심을 기울이지 않았다면 도저히 알기 힘든 내용들이다. 대남의 말은 여기서 끝이 아니었다.

"하지만 법이 개정된다고 한들, 사법기관에서 공정하게 운영하지 못한다면 그 나물에 그 밥이 될 것입니다. 과거부터 형소법 개정과 인권 보장에 관한 내용은 항상 대두되어 왔습니다. 무분별한 구속과 폭력 수사 때문이죠. 먼저 무죄추정의 원칙을 실질적으로 구현하고 무분별한 구속 수사를 방지하기 위해서는 제도적인 방안이 필요합니다."

"생각해 놓은 제도라도 있나."

"예, 이미 미국에서 활발히 활용 중인 제도이며 십여 년 전부터 국내에서 논의되었던 법안, 바로 영장실질심사제도입니다."

군계일학(群鷄一鶴). 일 학년이라는 나이를 감안한다면 충분히 어울릴 법한 고사이다. 여태껏 수많은 가품을 보아왔던 나 교수의 눈이 마치 원석을 찾은 광부의 눈동자처럼 희열로 가득 차올랐다.

"자네, 오늘 수업 끝나고 어디 갈 곳이 있나. 만약 시간이 된다면 나랑 개인 면담을 좀 했으면 좋겠는데."

"죄송합니다, 교수님. 오늘은 가야 할 곳이 있습니다."

교수의 말에도 거절할 줄 아는 저 박력. 모름지기 검찰에서 성역 없는 수사를 펼치기 위해 정치권 인사에게 공권력을 행사할 때면 가장 필요한 게 담력이었다. 더욱 나 교수의 마음에 대남이 들어찼다.

"그래, 어딜 가야 하나."

"남영동에 갈 생각입니다."

'남영동'

격동의 시대, 악명 높은 남영동의 이야기를 들어보지 않은 이는 없을 것이다. 인신보호법에서 유래한 영장주의를 무시한 채 임의동행이라는 명목 아래 수많은 사람이 발버둥 치며 끌려갔던 곳.

영장에는 구속 장소가 용산경찰서로 기재되어 있었지만 수많은 지식인이 실제로는 남영동 치안본부 대공분실에서 고문을 당해 피골이 상접하는 것은 물론이거니와 비명과 신음 속에서 정신을 놓을 수밖에 없었다.

6월 민주 항쟁의 도화선이 된 故박종철 열사의 사망 소식은 듣는 이로 하여금 분노를 자아내게 했다.

당시 박종철 열사를 수사했던 정권에선 '책상을 '탁' 치니 '억' 하며 쓰러져 사망했다'라는 말도 되지 않는 변명으로 사건을 축소 은폐하려 했으나 여론이 들끓어 오르자 치안본부장이 직접 나서 남영동에서 '고문'이 자행되었다는 것을 시인했다. 이 사건은 남영동의 실체가 세상에 완전히 까발려지게 되는 계기가 되었다.

하지만 1987년 6월 민주 항쟁 이후 2년이 채 지나지 않았건만 아직도 민주화 운동권을 대상으로 불법 구금은 여전히 자행되었다.

한국대학교 법학과 부학회장 김도원 또한 불법 구금을 당했다고 볼 수 있다. 소외된 사회권 활동과 학생운동을 도맡아서 하던 김도원은 인권 변호사가 꿈인 법학도였다.

한순간에 남영동으로 끌려간 그는 이제는 똥오줌조차 가리지 못할 정도로 몸이 망가져 버렸고, 정신이 피폐해졌다.

"살다 보면 언젠가는 밝은 날이 오겠지, 지나가 버린 세월에도 추억은 남듯이 메말라 버린 대지 위로 영광의 눈물이 흐르는 그날까지."

구슬픈 노랫가락이 변호사의 입을 타고 흘러나왔다.

남영동에는 개인 법률사무소가 딱 한 곳 있다.

서울 전역의 법무법인이 종로에 밀집해 있다고 해도 과언이 아닌 시대에 남영동의 법률사무소는 생뚱맞기 그지없다.

법률사무소가 위치한 건물의 외관은 낡았고, 유지 보수 또한 제대로 이뤄지지 않는 듯 복도의 형광등은 깜빡거리며 수명을 다했음을 알리고 있었다.

"유월 그날이 오면 난 가슴이 두근거려, 세상을 바꿀 수 있다는 그 일념 하나로, 앞으로. 한 발자국 앞으로 나아가자. 손에 손 잡고오."

변호사는 콧노래를 부르며 낡은 책상 위에 걸터앉은 채 사건 파일을 내려다봤다.

[북괴 공작원 법학도 김도원]

남영동에서 직접 내려온 사건 파일이다.

"골치 아프군, 하필 후배님이네."

남영동 대공분실은 노 정권이 출범한 이후 언론에 여러 번 보도되어 그 악명이 꽤나 높아졌다. 짭짤한 일거리이긴 하나 그만큼 뒤탈이 컸고 더러운 일이다.

"하지만 내가 누군가."

남자는 자랑스럽게 자신의 손목을 차지한 명품 시계를 흔들어 보였다. 이제 보니 정장도 이태리제 맞춤 정장이다. 낡은 건물의 외관과는 상반되게 구두가 유난히도 번들거린다.

변호사라 치기에는 복장이 턱없이도 과해 얼핏 보면 졸부 느낌이 물씬 났다.

"남영동 하마."

그는 낮게 자신의 별칭을 뇌까렸다.

남영동 하마, 돈만 된다면 닥치는 대로 일을 먹어 치운다 해서 붙은 그의 별명이다.

"이젠 슬피 우는 날이 없겠지, 앞으로 나아가다 보면 새로운 세상이 도래할 테니까. 무릎 꿇고 땅바닥을 기며 사는 것보다 똑바로 서서 세상을 바라보며 죽어갈 테지……."

학생운동권 노래를 부르던 그가 사건 파일을 내려놓으며 다시 읊조렸다.

"하지만 그건 개죽음일 뿐이지."

들불처럼 번졌던 국민의 분노가 집중됐던 남영동은 그 어느 때보다도 평화로워 보였다. 한적하다시피 한 이 동네가 과거 대공분실의 존재 속에서 수많은 지식인이 사라졌던 동네라는 것이 믿기지 않았다.

대남은 서찬구와 함께 남영동 하마를 만나기 위해 이곳에 들렀다. 하지만 당초 예상한 것처럼, 남영동 하마와의 첫 만남은 꽤나 달갑지 못했다.

간곡한 부탁 끝에 만남은 성사되었으나 그는 마치 서찬구와 대남을 벌레 보듯 바라봤다.

"선배님, 부탁드리겠습니다. 지금 북괴 공작원이라고 누명을 쓴 한국대학교 법학도 김도원은 그저 학생운동권에 참여했던 일개 대학생일 뿐입니다. 불과 몇 달 전 남영동에서 벌어진 고문으로 인해 김도원은 지금 제 몸 하나 제대로 못 가누는 처지가 됐습니다. 그런데도 그들을 변호하시겠다는 말씀이십니까. 제발 도와주십쇼."

"서찬구라고 했나. 우리 후배님 중에 이렇게 용감한 지식인이 있다는 사실에 내가 감복할 따름이군."

"……."

"다시 한번 말해주지. 오늘 내가 너희들과 만난 것은 포기하라고 말해주고 싶어서야. 특히 서찬구 네놈은 김도원이 다음 타자로 거론되던 인물이야. 이대로 가다가는 김도원이에 이어서 네놈까지 반병신이 돼버릴 텐데."

하마는 거드름을 피우듯 다리를 꼰 채 귓구멍을 후벼 파며 말했다. 그 모습에 서찬구는 주먹을 가득 말아 쥐었다.

"변호사님께서도 저희 법학부 75학번 선배님이시지 않으십니까. 지금 김도원이를 폭행하고 고문한 놈들이 남영동 대공분실의 잔재라는 것을 모르시지 않을 텐데요. 과거 수많은 벗과 부모 형제들이 대공분실의 악명 아래서 고통에 찬 비명을 지르다 한 뼘의 무덤조차 없이 차가운 흙먼지로 죽음을 맞이했습니다. 정말 변호사님께선 일말의 양심의 가책도 못 느끼시는 것입니까!"

서찬구의 울부짖음에 하마는 머리를 긁적였다.

"양심의 가책이라……."

양심의 가책을 느끼기에는 이미 너무 멀리 나와 버렸는지도 모른다. 매국노 이완용이 조국을 탓하며 나라를 팔아버린 것처럼, 하마의 입에선 저열하고도 비열한 주장이 흘러나왔다.

"자네는 유월 민주 항쟁을 기점으로 세상이 바뀌었다고 생각하는 것인가. 웃기지도 않는 소리, 과거 유신 정권의 중심이 무너질 때도 세상이 바뀔 것이라는 일말의 가능성은 있었지. 하지만 어떠한가, 결국 군부 정권이 정치권을 장악하고 또 다른 독재가 시작되었다네. 지금도 직선제를 통해 대통령이 바뀌었다고는 하지만 한 치 앞도 장담할 수 없는 게 세상살이야. 하지만 격동의 시대가 거듭된다 하더라도 바뀌지 않는 게 하나 있다면, 바로 금전이지. 난 내 양심을 믿지 않아, 오로지 돈을 믿을 뿐이지."

표독스러운 눈동자를 한 하마가 서찬구를 노려보며 말을 이었다.

"지금이라도 늦지 않았네. 차라리 김도원, 그 친구가 본인의 죄를 인정하고 감형을 바라는 게 나은 처사일 것이야. 이미 검찰에서도 김도원이를 북괴 공작원이라고 내정한 듯싶은데 지금에 와서 바뀔 게 있을 것 같나. 복수를 하고 싶어서 찾아온 것이라면 한참 잘못 짚었어."

도대체, 죄가 없는데 무엇을 인정하라는 말인가!

그의 말에 서찬구는 어금니를 깨물며 몸을 떨었다.

혹여나 하는 일말의 가능성 때문에 남영동 하마를 찾아온 것이다. 검찰에 가서 하소연을 한다고 한들 김도원에게 쓰인 누명은 씻기 힘들 것이고, 기댈 수 있는 곳이라곤 이곳밖에 없었다.

한데 소문으로 들었던 것보다 남영동 하마의 실체는 더욱 소름 끼쳤고, 자본주의에 물들어 있었다. 마치 구정물에 몸을 뒹군 것처럼 전신을 휘감는 이 더러운 기분을 떨쳐 내려는 듯 서찬구는 거세게 머리를 흔들었다.

"변호사님, 제가 한 말씀 드려도 되겠습니까."

대남이 입을 연 것도 이쯤이었다. 하마는 여태껏 아무 말 없이 자리를 지키고 있던 앳된 학생이 입을 열자 대수롭지 않게 고개를 끄덕여 보였다.

"변호사님의 말씀과는 상반되게 세상은 급변하고 있습니다. 박종철 열사의 사건을 비롯해서 그 이전에 김목수 신부, 임영광 기자 등 수많은 지식인, 언론인 그리고 성직자까지 남영동에서 고문을 당했습니다. 이로 인해 언론에서도 이제는 남영동을 고문의 대명사라 표현하고 있습니다."

대남의 말마따나, 과거 정권의 눈치를 보았던 언론은 몇 해 전부터 과감하게 남영동의 실체를 까발렸다.

남영동이 고문의 대명사라는 주요 골자가 신문 일면에까지 실릴 정도였으니 남영동을 향한 대중의 분노가 얼마나 극에 달했는지 여실히 보여주는 대목이다.

"변호사님은 과거 정권의 반문명성, 반인간성을 표상하는 남영동에서 아직도 그 잔재들과 함께 활동 중에 계십니다. 한데 만약 유월 민주 항쟁과도 같은 운동이 다시 불거져 현 정권에서 과거의 잔재를 청소해야 할 때, 가장 먼저 지목당하는 법조계 인사가 누구겠습니까. 검찰에서는 제 식구 감싸기라며 안고 나갈 것이 뻔합니다. 그럼 누굴 처낼까요. 아무래도 브로커 변호사가 내쳐지는 것이 보기 좋은 그림 아니겠습니까. 더군다나 학생운동권에서 극심하게 지목하는 변호사라고 하면 더할 나위 없이 좋은 명목이겠죠."

하마는 흥미롭게 대남을 바라봤다. 대남이 가정하는 대로 현 정권이 과거의 잔재를 청소해야 되는 일이 생긴다면 상부에

로비를 하든, 한국을 뜨든 그때 가서 생각하면 될 일이었다. 협박이었지만 기분이 나쁘지 않았다.

다만 그것만으로 이들을 도와줄 이유는 없었다.

"지금 협박하는 거냐, 계속해 보거라."

대남은 협박을 통해서는 남영동 하마를 설득시킬 수 없다는 것을 알고 있다.

이윽고 또다시 협박이 계속될 거라는 예상과 달리, 뒤이어 들려온 대남의 목소리에 하마는 자신의 귀를 의심했다.

"아니, 당신과 거래를 원합니다."

남영동 하마는 대남을 흥미롭게 바라봤다. 자신을 찾아와 협박을 한 것도 모자라 거래를 원한다라, 웬만한 배짱 가지고는 어림도 없는 이야기다.

저들이 남영동 대공분실의 악명을 모르는 것도 아닐 터인데 저렇게 당당하게 나서니 의아하기보단 흥미가 먼저 동했다.

"거래라 함은 네가 나한테 원하는 게 있다는 이야기일 텐데."

"현재 검찰에서 수사를 받고 있는 김도원 씨의 무혐의를 원합니다."

"그 정도라면 위험부담을 엄청 감수해야 하는 일이지. 검찰에서 수사 중인 내용을 일개 변호사가 변경할 수 있다고 보나."

"남영동 하마, 당신이라면 가능할 것 같습니다. 현재 검찰에서 김도원 씨를 기소 의견으로 송치한 공안검사가 연수원 동기가 아닙니까. 일전에도 이런 사건을 여럿 해결했다고 들었습니다."

사전에 뒷조사를 꽤나 철저하게 한 듯했다. 물론 이번 사건은 남영동 하마의 선에서 수사 종결이 가능했다. 이미 검찰 측에서도 과도한 고문 수사로 언론에까지 사건이 번질까 싶어 전전긍긍하는 상태였으니. 한데 대남 또한 그 사실을 알고 있다라.

"검찰 측에서도 이번 사건이 또다시 언론에 실릴까 봐 초조해하고 있지 않습니까. 생각보다 김도원 씨의 상태가 심각하기 때문이죠. 또한 과거와는 시대가 달라졌습니다. 현 정부도 인권유린에 대해서는 칼같이 선을 지키겠다고 표면적으로 공표를 했으니 말입니다. 만약 여기서 김도원 씨를 대상으로 학생운동이 다시 불거진다면 유월 항쟁과 같이 돌이킬 수 없는 시간이 반복될 겁니다."

"뭘 믿고 그렇게 당당한 거지. 만약 내가 네놈까지 엮어서 검찰에다 넘긴다면 신상에 좋지 않을 텐데 말이야."

하마의 표정은 좋지 않았다. 하지만 대남은 그런 하마의 말에도 마음 졸이는 기색 하나 없이 담담히 말을 이었다.

"남영동 하마는 자고로 돈을 먹고 산다고 들었습니다. 의지와는 상관없이 돈이 되는 일이라면 뭐든 가리지 않는다고 하더군요. 다시 한번 말씀드리지만 전 당신을 협박하려는 게 아니라 거래를 제안하려는 겁니다."

"흠, 내가 원하는 게 뭔지 알 텐데. 일개 대학생이 준비할 수준이 아니야."

"정보를 드리죠. 선배, 잠깐 자리 좀 비켜주시죠."

대남의 말에 서찬구는 잠깐 당황하는 듯싶더니 이내 고개를 끄덕이고는 자리에서 일어났다. 그 모습을 지켜보고 있던 하마가 입가에 미소를 지었다. 대화를 하면 할수록 자신의 맞은편에 앉아 있는 학생이 흥미로웠다.

"내게 줄 정보라는 게 뭐지."

"부동산 정보를 드리겠습니다. 향후 오 년 안에 급등할 지역입니다."

대남은 기억을 뒤적였다. 과거 큰아버지와 관련해 미래를 엿보았을 때 찾았던 정보. 이 정도 정보라면 충분히 수억 원을 만질 수 있는 고급 정보였다. 하지만 상대방의 입장에서는 신빙성이 떨어진다는 게 문제였다.

"네놈의 말을 내가 어떻게 믿을 수가 있지. 설령 네놈이 가진 정보가 정말 공무원 고위직에서 흘러나온 것이라고 할지라도 세상살이 한 치 앞을 모르는 게 인생인데 오 년 앞을 어떻게 내다볼 수가 있겠나."

하마가 짐짓 미간을 찌푸리며 으름장을 놓았다. 그 모습을 바라보고 있던 대남은 오히려 자세를 앞당겨 하마를 직시하며 말을 이었다.

"원하신다면 일정 조건하의 지불 각서라도 써드리죠. 만약 제 말이 사실이 아닐 시 절 어떻게 하셔도 좋습니다."

대남은 초능력을 통해 미래의 일을 확실히 알고 있다. 달라지지 않는다는 보장하에 말을 하는 것이기에 이토록 자신만만한 것이다.

하지만 그 사정을 모르는 하마의 입장에선 대남이 미친놈으로 보일 게 분명했다.

"나도 사회생활을 하면서 별의별 놈들을 다 만나왔다고 생각했는데 너같이 무데뽀인 놈은 처음이구나. 김도원이가 니 친형이라도 되냐, 아니면 김도원이가 네가 숨겨놓은 애인이라도 되는 거냐. 도대체 그놈이 뭐기에 이렇게 나서는 거지?"

하마의 말에 대남은 한참을 뜸을 들이더니 고개를 주억거리며 입을 열었다.

"……사실 검찰과 공조하는 변호사가 남영동 하마, 당신이 아니었다면 이렇게 찾아오지도 못했을 겁니다. 김도원 선배의 일과 관련해 남영동에 관해 알아보던 찰나, 남영동 하마라는 특이한 변호사를 알게 됐습니다. 일전에도 중소기업 사장 자제가 학생운동에 휘말려 검찰에까지 불려간 적이 있는데 당신이 구해내지 않았습니까."

그런 뜬소문을 믿고 이렇게 찾아왔다라, 이걸 대담하다고
해야 할지.

"네 부동산 정보가 확실한 건지는 모르겠지만 네놈이 미친
놈이란 것 하나는 확실히 알겠구나."

대남과 서찬구는 애초에 변호사가 남영동 하마라는 사실을
알았기에 찾아온 것이나 다름없었다.

서찬구가 알아본 바에 의하면 하마는 돈이 되는 일이라면
가리지 않고 맡았으나 의도적으로 남영동 고문 사건과 관련해
서는 꺼린다고 했다. 대남은 그 일말의 가능성에 기대를 걸어
본 것이다.

하마가 담뱃갑에서 담배를 꺼내 입에 꼬나물고는 대남을 바
라봤다.

"아무리 봐도 신기하단 말이야. 담력 하나는 인정해 줄 만하
군. 하지만 내 앞이라서 무사한 거지 어디 검찰 앞에 가서 그
런 망발을 지껄였다가는 그대로 철창신세야. 그리고 사실 자
네의 말이 반은 맞고 반은 틀리네. 난 돈이 되는 일이라면 가
리지 않고 받지만, 남영동과 관련된 사건은 나로서도 꽤나 찝
찝해."

"……"

"난 학생운동권 노래를 전부 알고 있지. 왜냐하면 친형이 민
주화 운동에 앞장섰었거든. 하나밖에 없는 노모는 형이 밖으

로 나도는 것을 싫어했어. 나 또한 그랬지. 매번 검경들이 찾아와서는 내게 형의 존재를 물었고 닦달했거든. 또 나이를 먹고 사법연수원에서 좋은 점수를 받았지만 형의 존재 이유 하나만으로 판검사 자리를 양보해야 했어. 한마디로 내 인생의 걸림돌 같은 존재였지."

하마는 담배를 피우려던 것을 다시 손가락으로 짚고는 내려놓았다. 마치 과거를 회상하는 듯 눈을 두어 번 껌뻑거리던 하마가 담담한 목소리로 입을 열었다.

"처음엔 정말 싫었어. 갑작스럽게 길거리에서 비명횡사한 형의 존재 때문에 내 인생이 망가진 것 같았거든. 그래서였는지도 몰라, 내가 남영동에서 일을 하게 된 계기가. 형이 죽었던 거리에서 다시 형을 죽였던 놈들과 함께 일한다는 사실이 얼마나 소름 끼치는 일인가."

"……그럼 왜 그 일을 계속하시는 겁니까."

대남의 말에 하마는 입가에 미소를 지어 보이며 답했다.

"내가 아니더라도 누군가는 해야 될 일이니까. 성격상 인권 변호사 짓은 못 하겠고 차라리 그놈들 곁에서 일하면서 큰형 같이 고문을 당했던 사람들을 도와주는 게 나을 거라는 판단 때문이었어. 나 하나 열심히 세상에 소리친다고 해서 이 거지 같은 세상이 바뀔 게 아니니까 말이지."

남영동 하마라고 불리며 사람들의 질타를 받았지만 그는

이 일을 그만둘 생각이 없었다. 하물며 큰형처럼 세상을 향해 똑바로 서서 소리치며 살아갈 용기도 없었다.

그저 등잔 밑에서 도움의 손길을 내밀 수밖에. 그것이 남영동 하마의 신념이었다.

"검찰에는 내가 말을 해놓지. 네놈 말마따나 검찰에서도 위기를 느꼈는지 더 이상 김도원에게 압박을 가하지 않으려 하니, 내가 김도원 측과 원만한 합의를 보았다고 하면 시일 내로 수사는 종결될 거야."

그제야 대남은 안도의 한숨을 내쉴 수가 있었다.

"사실 네놈 무모하기 짝이 없는 배짱 하나 고쳐 주려고 했는데, 이제 보니 네놈이 내 머리 위에 있었군. 이야기 끝났으면 어서 나가봐라, 여기 계속 있어봐야 좋을 것 없으니."

대남은 짧게 고개를 끄덕여 보이고는 자리에서 일어났다. 한숨을 내쉬었던 낡은 소파가 점차 원형을 되찾았다. 하마는 내려놓았던 담배를 다시 입에 꼬나물며 멀어지는 대남을 향해 물었다.

"근데 너, 이름이 어떻게 되냐."

하마는 대남의 모습에서 과거의 자신을 봤는지도 모른다. 형의 죽음을 밝히고자 고군분투했지만 현실의 벽에 부딪쳐 좌절했던 그 시절을.

"김대남입니다."

그의 뇌리에 김대남이라는 이름 석 자가 들어찼다.

일전에 개강 뒤풀이를 하며 찾았던 대폿집에서 서찬구와 대남은 다시 소주잔을 기울였다. 서찬구는 대남이 어떻게 도원이의 사건을 해결했는지 모른다. 하지만 끓어오르는 분노 때문인지 연거푸 술잔을 들이켰다.

"네 말대로 도원이가 결국 무혐의로 풀려난다고 해도 이때까지 당한 상처들은 누가, 어떻게 보상을 해주냐."

검찰에서 김도원을 무혐의로 수사 종결할지라도, 여태까지 고문으로 인해 받은 피해를 보상받기란 요원했다. 대남 또한 그 사실을 모르지는 않았기에 사막 위를 걷는 것처럼 마음이 무거웠다.

곧이어 대남의 무거운 목소리가 입술 사이로 흘러나왔다.

"어쩔 수가 없습니다."

"……"

직선제를 통해 16년 만에 국민의 손으로 대통령을 만들기는 했지만 군부 정권의 연이 닿은 신군부 정권이라는 어감을 지울 수가 없었다.

아직까지 5공이 제대로 청산되지 않았고, 남영동 자체를 지

위내기란 시대적으로 힘들었다.

스탈린 시대의 한 고문 전문가의 회고록에 따르면 '마르크스를 나에게 데려오면 그가 反마르크스 당원이라는 자백을 받아내 보겠다'라고 확언했다. 그만큼 고문은 무섭고 사람의 신념을 무너뜨리는 악랄한 행위이다.

남영동에서 고문을 당했던 수많은 지식인을 구원해 줄 수도, 그들을 대신해서 복수를 해줄 수도 없었다. 작금의 대남으로서는 그저 묵묵히 자신이 할 수 있는 역량 안에서 김도원을 도와줄 수밖에 없었다.

"시대가 흐른 뒤에 언젠가는 숙원이 풀릴 겁니다."

시대가 흘러야만 세상이 바뀔 수 있을 것이다. 그리고 그 시대 안에 자신을 담아야 한다고 대남은 생각했다.

"그날만을 기다려야겠지요."

소주잔 위로 소주가 너울을 그리며 따라졌다.

한국대학교 법학과에서 대남은 이미 유명 인사가 되었다.

"쟤가 나 교수님이 찍은 애라며?"

"쟤가 개잖아, 다큐멘터리에도 나오고 이번 학력고사 전국 수석한 애."

선배들 중에선 이미 대남을 알아보고 눈짓하며 이야기를 나누는 이들도 있었다. 또한 사법시험을 준비하는 법학과 고시반인 '청명제(靑明製)'에서도 대남을 눈여겨보고 있었다.

대남은 자신에게로 향하는 관심에 있어서는 어느 정도 달관한 상태였다.

"대남아, 청명제 안 들어올 거냐."

"제가 아직 사법시험 준비할 짬밥이나 되나요. 그리고 저 사법시험 칠 생각 아직 없다니까요."

남영동을 함께 다녀온 뒤 부쩍이나 친해진 학회장 서찬구와 대남은 나이 차이가 있음에도 불구하고 막역하게 지내는 사이가 되었다.

청명제는 본디 법학과 삼 학년부터 들어갈 수 있는 고시반이었지만 사법고시 일 차 시험 통과자에 한해서는 학년 구분 없이 입반을 허락했다.

"내가 너 공부하는 거 대충 살펴봤는데, 일 학년 수준이 아니던데. 형소법 나 교수님 말로는 이미 네가 웬만한 삼 학년들보다 법학 지식이 뛰어나다고 하더라."

서찬구의 말처럼 대남의 법학 지식은 웬만한 법학도를 상회하는 수준이었다. 전문 서적들을 외우다시피 공부했으니 당연한 이야기였지만 그 내막을 모르는 이들의 입장에선 그저 괴물로 보일 뿐이다.

"청명제 들어오면 네가 모르는 정보들이 많다."

서찬구의 말마따나 만약 단순한 고시 공부를 위해서였더라면 청명제 말고 암자 혹은 고시원을 찾는 경우가 나았다.

하지만 청명제에는 그간 한국대학교 법학과에서 배출한 사법시험 합격자들을 비롯해 수석 합격자의 노하우 및 자료들이 배치되어 있었다.

더군다나 한 학기에 한 번씩 청명제 학우들을 대상으로 법조계 인사가 찾아와 특별 강의까지 해주는 입장이니 법학부에서 청명제를 얼마나 신경 쓰고 있는지 알 수 있었다.

"오늘 특강 온다고 하던데 같이 안 가 볼래? 원래 청명제 학생들만 들을 수 있는 건데 넌 그냥 주전부리랑 물 나눠 주는 심부름한다 치고 자리 지키고 있으면 된다."

서찬구의 거듭된 강요에 결국 대남은 고개를 끄덕이고 말았다. 서찬구의 입장에선 대남 같은 깨어 있는 지식인이 법조계의 길을 포기한다는 게 마음이 아팠다.

현직 법조계 인사의 특별 강의가 펼쳐지는 강당 안은 이미 삼·사 학년 학생들로 북새통을 이루고 있었다. 아마 청명제에서 공부를 하는 인원들 전부가 오늘 하루만큼은 서적을 손에서 놓은 채 특강을 찾은 듯했다.

강당 앞 좌석에는 이미 연로한 교수님들이 자리를 차지하고 있었다. 학회장인 서찬구가 일일이 교수님들과 인사를 나누고 있는 통에, 대남은 혼자 맨 뒷좌석에 앉아 특강이 시작하기를 기다렸다.

"곧 있으면 시작한다고 하네."

서찬구가 교수님들과의 인사를 마무리 짓고는 곧장 대남의 옆자리에 와서 앉았다.

이윽고 얼마 지나지 않아, 강단 위로 남자 한 명이 걸어 올라왔다. 정장 차림에 무테안경을 꼈는데, 자칫하면 날카로워 보일 수 있는 인상이 서글서글한 눈매 덕분에 부드러워 보였다.

"반갑습니다, 교수님들과 후배님들. 저는 현재 서울지검 특수1부에서 일을 하고 있는 부장검사 김익한이라고 합니다."

'특수1부.'

검찰 내 조직 관계도에 따르면 서울지검 특수1부 부장검사를 지내고 난 뒤 대검찰청 중앙 수사부 과장직으로 가는 것이 관례였다. 한마디로 지금 강단 위에 올라온 김익한 부장검사의 경우 출세 가도를 달리고 있는 인물이라고 할 수 있다.

"저는 과거 중앙 수사부에서 검사직을 꽤나 오랫동안 하였습니다. 특수한 수사 부서이기에 국내외 언론을 장식한 굵직한 사건들을 대다수 직접 눈앞에서 경험했습니다. 제가 오늘 강의를 하기 위해 모교를 찾은 이유는 여기 계신 후배님들, 즉 미래의 법조인들에게 현시대의 검찰에 대해서 말해주기 위해서입니다. 오늘은 후배님들과 가감 없는 토론을 하며 사법시험뿐만 아니라 검사라는 신분에 대해서도 말을 나눠보고 싶군요."

'중수부라⋯⋯.'

대검찰청 중앙 수사부는 대검찰청의 공직자 비리 수사처로 공안부와 함께 검찰의 양대 중핵을 이루어온 핵심 부서이다. '성역 없는 수사'를 표방하며 현재 5공화국과 관련한 수사를 일임받은 것으로 국민에게 널리 알려져 있다.

김익한은 특별 강의에서 사법시험 삼 차 면접과 관련해 여러 가지 노하우와 현재 검찰에서 바라는 인물상 등을 설명했다. 그런 시간이 한 시간여 지나고 나서야, 그는 사법시험에서 벗어나 또 다른 주제로 강의를 시작했다.

"말을 듣지 않는 개는 매가 약이라는 말이 있습니다. 저는 현 정권의 검찰에서 공직 신분으로 일을 하고 있지만 전 정권이 가장 잘한 일이 있다면 아무래도 삼청교육대가 아닐까 생각합니다. 현재 언론에서는 삼청의 진상이 규명되어야 한다고 떠들어 대고 있는데, 건달들한테 인권이 웬 말입니까."

모교 후배들 앞에서 특강을 펼쳤기 때문일까, 그는 자신의 속내를 과감하게 털어놓았다.

검찰청 요직에 앉아 있는 자가 사상이 저러하니 5공 청산이 제대로 될 리가 있나. 대남이 씁쓸해함과 동시에 앞선 자리에 있던 누군가가 손을 들었다.

"검사님, 삼청교육대에서는 조직폭력배뿐만 아니라 일반 시민과 고교생들까지 강제적으로 연행한 것으로 알고 있습니다. 그런 점을 살펴보았을 때, 군부 세력이 자행한 삼청교육대는 불법적으로 찬탈한 권력을 정당화시키고 정치적 보복을 비롯해 공포 분위기를 조성하려는 의도 아니었습니까."

법학도의 외침에, 강단 위에 선 김익한 검사의 미간이 눈에 띄게 찌푸려졌다. 아무래도 요즘 학생운동이 활발히 이뤄지는 시기이다 보니, 학생들의 사고가 깨어 있는 것이 김익한의 입장에서는 마음에 들지 않는 듯했다.

"후배님, 대를 위해서는 소를 희생해야 하는 법입니다. 저는 군부 정권을 옹호하려고 하는 게 아닙니다. 다만, 그들이 이뤄낸 실적과 업적에 대해서 칭찬할 건 칭찬해야 한다고 생각합니다. 사실 현 정권에서도 아직 발표는 하지 않았지만 조직범죄를 타도하기 위해 시일을 기다리고 있는 중입니다."

김익한은 여기서 말을 끝마치지 않고 한 발자국 앞으로 나서 학생들을 훑어보고는 혀끝에 힘을 준 채 말을 이었다.

"현직 검사의 입장으로서 말씀드리자면 세상에는 아직도 수많은 범법자가 있습니다. 그들은 부모도 제대로 교화하지 못한 범법자들입니다. 과연 그들을 검사가, 교도관이 말로써 타이른다 해서 갱생시킬 수 있을까요."

삼청교육대에 우민정책의 일환으로 우범자·범법자·불량배라는 누명을 쓴 채 끌려간 수많은 피해자가 들으면 대로할 만한 발언이었다.

삼청 사건 이후 아직까지 정신이상 및 후유증 장애로 인해 고통받고 있는 이들이 있었지만 피해보상 절차는 제대로 마련되지 않고 있었다.

"후배님들, 세상이 깨끗해지기 위해선 필요적으로 폭력 또한 존재해야 하는 법입니다."

김익한의 말에 동조를 표하듯 고개를 끄덕이는 이들이 있는 반면, 몇몇 이는 눈살을 찌푸렸으나 대놓고 반박을 하지는 못했다. 이윽고 대남이 당당한 김익한의 표정을 보다 못해 손을 들어 보였다.

"저도 질문 하나 해도 되겠습니까."

갑작스레 대남이 손을 들고 말을 하자 옆에 앉아 있던 서찬구가 놀란 표정을 하며 바라봤다. 뒤이어 대남에게로 강당 안의 시선이 집중되었다.

이제 보니 교수님들이 모여 있던 앞 자리에는 나중학 교수 또한 함께였다.

대남의 물음에 김익한은 입가에 미소를 짓고 고개를 끄덕이는 것으로 대답을 대신했다.

곧이어 대남은 수많은 시선을 받아내며 담담히 입을 열었다.

"검사님께서 방금 세상에는 범법자가 많다고 하셨습니다. 저 또한 그 의견에는 같은 생각입니다. 일례로 분식 회계를 통해 상장 삼 개월 만에 부도 조치가 내려진 신정산업과 부실 감사를 통해 가짜 대차대조표와 손익계산서를 만들어 감사 보고서를 증권거래소에 공시한 대오전자는 각각 수십억, 수백억의 피해를 끼쳤고, 결국 소액주주들은 피해 금액조차 제대로 손해배상 받지 못했습니다."

대남의 말에 김익한이 의아스러운 표정을 지어 보였다. 그 모습을 바라보던 대남이 재차 말을 이었다.

"그런데 사기를 감행했던 신정산업과 대오전자의 대표이사들은 지금 어디 있습니까."

"……."

"모르시는군요. 제가 말씀드리겠습니다."

앞자리에 있는 나중학 교수가 흥미롭다는 표정으로 대남과 김익한을 번갈아 바라봤다.

"신정산업과 대오전자의 사장들은 현재 불구속 조치가 내려졌고 특히 수백억의 사기를 친 대오전자의 사장 같은 경우 상황을 올바르게 판단할 수 없다는 '심신미약' 등의 진단을 받아 현재 요양 중에 있습니다. 그 결과 재판조차 지지부진한 상태로 1심에선 원고의 일부 승소 판결이 났으나 곧바로 양 기업 측에서 항소를 가해, 실질적으로 소액주주들이 피해 금액을 완전히 보상받기란 힘든 상황입니다."

신정산업과 대오전자는 거액의 증권 사기를 벌였으나, 언론에 보도된 바는 적었다. 마치 윗선에서 언론을 통제한다는 느낌마저 들 정도였다.

"저는 검사님의 말씀 중 조직폭력배들을 순화시키기 위해선 폭력이 필요하다는 말을 이해합니다. 하지만 일반인들을 대상으로 폭력으로 겁박하고 공포 분위기를 조성해야 한다고는 생각하지 않습니다."

대남이 생각하기엔 세상에는 수많은 범법자가 있으나, 그들을 향한 법정의 철퇴가 제대로 내려지고 있는지는 의아했다.

"검사님, 저는 법 앞에선 강자와 약자를 따지지 않고 평등해야 된다고 배웠습니다. 한데 우리나라 검찰은 언제까지 약자 앞에서만 강할 것입니까."

대남의 목소리가 강당 안을 울렸다.

- 13장 -
좋은 꽃은 향기가 나는 법

법 앞에 만인은 평등하다. 법의 존엄함과 공정성을 의미하는 말이다.

일순, 대남의 입에서 검찰의 공정성을 평가하는 듯한 어투의 말이 흘러나오자 장내가 얼어붙은 듯 고요해졌다.

이윽고 침묵을 깨고 먼저 입을 뗀 것은 다름 아닌 강단 위에 서 있는 김익한 검사였다.

"후배님께서 오해하시는 부분이 있는 것 같군요. 물론 모든 사람은 법 앞에 평등해야 하나, 범법의 무게를 형량의 무게와 동일 선상에 두어서는 안 됩니다. 앞선 두 기업의 사장들에 관해선 사회적 지위와 역량을 고려해 보았을 때 사법부가 합리적인 판단을 내린 것이라 생각합니다."

김익한은 잠시 숨을 고르려는 듯 뜸을 들이고는 말을 이었다.

"만약 그들이 구속된다고 한들, 피해자들이 피해 금액을 전액 보상받을 수 있겠습니까. 오히려 사회 활동을 함으로써 빚을 변제하는 능력을 보전하는 것이 나은 판단이라고 저는 생각되는군요."

김익한의 말에 대남은 모래알을 씹은 것처럼 입안이 텁텁해졌다. 그런 대남의 속내를 아는지 모르는지 김익한은 다시 입가에 미소를 띤 채 강의를 진행했다.

"보석금이라는 말이 왜 있는 걸까요. 법원의 재량 아래 미결수가 감옥에서 석방될 때 내는 보증금으로, 어떻게 보면 현행법상 가장 피해자 변제를 위한 사법제도라고 할 수 있을 것입니다. 가해자가 보증금을 통해 불구속 수사 상태에서 재판이 이뤄지는 것이 피해자들한테도 낫습니다. 경제사범이 형량을 받고 구속 조치가 되어 사건 자체가 종결되어 버린다면 그것이야말로 문제 아니겠습니까."

김익한은 자신에게 질문을 가했던 대남을 바라보고는 비릿하게 입꼬리를 말아 올렸다. 마치 '네까짓 놈이 뭘 아느냐'라는 표정이다.

"후배님들께선 아직 사법시험을 통과하지 못했고 현장에서 벌어지는 많은 일과 법률의 이중성에 대해 제대로 갈피를 잡지 못하시는 것 같습니다. 서적을 통해서만 보아오는 사례들이 세상의 전부가 아니듯이 법조인의 입장에선 감정적으로 일

처리를 하는 실수를 범하면 안 됩니다."

김익한의 말대로 법률에서 기재된 내용과 현실에서의 차이점은 있었다. 부끄러운 이야기지만 한국의 법체계는 현재 일제 강점기 시절 확립된 이념이 짙게 배어 있다.

제국주의 국가인 일본은 대륙법 체계의 영향을 받았고 자연히 한국 또한 대륙법의 영향을 받았다.

불변적이고 보수적인 성격의 대륙법의 특성상, 법조문 자체가 바뀌는 일은 드물었고 그런 법조문을 악용해 범법 행위를 저지르고도 무사히 빠져나가는 인간들이 생겨났다.

"검사님, 유전무죄 무전유죄라는 말을 아십니까."

일순, 강당 안을 울리는 대남의 목소리에 김익한의 표정이 다시 일그러졌다.

"잘 압니다. 불과 작년에 벌어진 집단 탈주범 사건에서 대두된 말이 아닙니까."

"맞습니다. 그리고 조금 전 제가 했던 말은 집단 탈주범의 우두머리 격이었던 지강헌 씨의 입에서 나온 말입니다. 그런데 그가 왜 그런 탈주극을 벌였는지도 아십니까."

"지금 학생은 범죄자를 옹호하려는 겁니까? 범죄의 행위 앞에선 그 어떤 이유가 있다고 한들 정당화될 수가 없음을 법학도로서 강의 시간에 뼈저리게 수학하지 않았습니까. 요즘 학생운동을 한다고 해서 모교의 후배들 수준이 이토록 떨어졌을 줄은 상상도 못 했습니다. 후배님은 이 앞에 계신 교수님들에게 죄송하지도 않습니까."

김익한은 기회를 잡았다 싶었는지 대남을 몰아붙였다. 서찬구가 혹여나 대남이 당황을 했을까 싶어 곧장 옆을 바라봤는데 웬걸, 대남이 입가에 미소를 지은 채 고개를 젓고 있었다.

"검사님, 저는 지강헌을 옹호하지 않았습니다. 하지만 그가 왜 탈주극을 벌였는지 그 원초적인 이유에 대해서 짚고 넘어가고 싶군요. 지강헌은 수백여만 원을 훔친 죄로 징역 7년, 보호감호 10년 형을 선고받았습니다. 한데 이 당시, 대통령의 동생은 73억 원에 달하는 횡령을 저질렀으나 불과 2년여 만에 가석방이 되었습니다. 이에 지강헌 또한 감형을 희망하며 항소심을 준비했으나 철저히 외면을 당합니다. 이게 탈주극이 벌어진 본질적인 원인입니다."

대남이 무슨 말을 하는가 싶어 잠자코 지켜보던 나중학 교수는 그 저의를 깨달았는지 눈 속 깊이 혜안이 흘렀다.

학생들 또한 장기에서 연신 장군, 멍군을 번갈아 가며 외치는 수 싸움을 바라보는 관객같이 지금 벌어지는 설전을 귀를 세운 채 들었다.

"제가 검사님께 말씀드리고자 하는 바는, 죄형법정주의에 맞게 법률을 어겼으면 그에 마땅한 형벌을 받는 것이 당연한 처사인데 왜 누군가에게는 유리한 형벌이, 또 다른 누군가에는 가혹한 형벌이 주어지는 것인가를 묻는 것입니다. 저는 또 다른 제2의 지강헌이 생겨나지 않을까 싶은 마음에서 말씀을 드리는 것이니 곡해해서 듣지 않으셨기를 바랍니다."

대남의 말이 끝나자 김익한을 향한 법학도들의 시선이 곱지만은 않았다. 교수들 또한 현직 부장검사를 상대로 법학도들의 가감 없는 토론이 이어지다 보니 오히려 흥미가 동해 보였다.

아무리 보수적인 법학 지성인 집단이라고 해도, 이 정도 토론을 용인 못 할 법조인은 이 자리에 없었다.

"후배님, 그건 다 상황과 사회적 위치에 따라서 다른 것이라고 말하지 않았나요. 현실적으로 벌어지는 일들은 서적에서 보아왔던 것들과는 괴리가 있습니다."

김익한 또한 표정이 좋지는 않았으나 토론을 시작하기에 앞서 자신이 내뱉은 말이 있어서인지 대남에게 꾸지람을 가하지는 않았다. 그렇지만 뜻을 굽힐 생각도 없어 보였다.

"후배님께선 현 대한민국의 상황을 제대로 파악해 주셨으면 좋겠습니다. 과도한 경제성장을 이루고 있는 이 시점에서 폭력 범법자가 아닌 기업인에게까지 엄중한 형벌을 내리게 된다면 결국 경제성장은 그 막을 내리게 될 것입니다."

김익한이 대남을 노려보며 말을 했다. 하지만 이대로 설득당할 대남이 아니었다.

"검사님의 말씀대로라면 현행법은 결국 범죄와 형벌을 법률로써 기재하지 않고 권력자와 법관이 마음대로 형벌을 결정하는 중세 시대 이전의 형벌 주의와 별반 차이가 없습니다."

곧이어 용수철이 튕기듯, 대남의 입에서 또 다른 말이 튀어나왔다.

"그렇다면, 대한민국의 법체계는 아직까지 중세 시대를 벗어나지 못한 겁니까. 아니면 관료들의 사고가 중세 시대를 벗어나지 못한 겁니까."

특별 강의가 끝이 나고 대남은 공교롭게도 나중학 교수의 호출을 받았다.

"학생 면담을 하는 게 이토록 고대되는 일인 줄은 상상도 못했구나."

나 교수는 아름다운 잎사귀의 곡선과 그윽한 향기를 내뿜는 동양란을 가꾸며 말을 이었다.

"원래라면 김익한이가 대접하는 회식 장소에 나도 가야 하는 게 맞는데, 난 왠지 오늘 네 녀석이랑 같이 이야기를 나누고 싶구나. 사실 조금 전 특별 강의 때는 내심 놀라웠어. 현직 부장검사를 상대로 그렇게 뜻을 굽히지 않는 학생들이 우리

학과에도 있구나 싶어서 말이다."

백발의 나 교수가 날카로운 눈초리로 소파에 앉아 있는 대
남을 바라보았다.

"김익한이가 오늘 왜 청명제 주최의 특별 강의에 나온 것인
지를 말해줄까."

"......"

대남이 아무 말 없이 잠자코 있자 나 교수의 매서운 눈꼬리
가 약간이나마 반달 모양으로 휘어졌다.

"승진 문제 때문이지. 대검찰청 중앙 수사부 과장으로 갈 수
있는 길이 열렸는데 수원 지청장이라는 라이벌이 생겼거든.
자칫했다가는 승진 경쟁에서 그대로 밀려나 제자리걸음을 하
게 생겼으니 꽤나 초조할 거야. 그리고 오늘 그 마지막 결정의
잣대를 내릴 수 있는 사람이 바로 나였고 말이야."

제아무리 일류 대학교의 법학 교수라고 할지라도 검찰청 내
부의 승진 관계까지는 감 놔라 배 놔라 할 수 없을 터인데.

대남은 나 교수의 말이 믿기지가 않았다. 이윽고 나 교수가
그 의문을 풀어주려는 듯 혼잣말을 내뱉었다.

"아, 내 친형님이 현재 서울 고등검찰청 검사장으로 계시거
든. 이 정도면 이해가 되나. 형님께선 법학 교수인 나에게 둘
중 누가 나을지 판단을 해보라고 하시더군. 아무래도 현직에
있다 보면 공과 사를 구분하기 어려워지니 말이야. 그럼 자네

가 생각하기에 내가 누구를 선택할 거 같나."

"……잘 모르겠습니다."

"김익한 부장검사를 추천할 거라네."

의외의 인물이 나오자 대남은 놀랐지만 속내를 내비치지는 않았다. 그 모습을 바라보던 나 교수가 너털웃음을 지어 보이며 입을 열었다.

"생각보다 놀라지 않는군. 어찌 보면 당연한 이야기겠지. 김익한 부장검사나 수원 지청장이나 현재 검찰에선 도토리 키 재기라 할 만큼, 그놈이 그놈이거든. 아무래도 윗선 입장에선 그나마 하달을 잘 따라주고 반발하지 않는 녀석이 낫겠지."

나 교수는 대남에게로 다가가 어깨를 두드렸다.

"그런 의미로 오늘 자네가 김익한이를 잘 다뤄줬어. 까마득한 후배가 그렇게 말을 하는 데도 자신의 출세를 위해서 김익한이는 화를 내지 않고 허리를 굽혔으니 말이야. 그도 오히려 오늘의 치욕을 되새김하기보단 자네에게 고마워할 걸세."

대남이 씁쓸한 표정을 지어 보이자 나 교수가 재차 말을 이었다.

"세상사 돌아가는 원리가 그런 걸세. 아무리 실력이 뛰어난 자라고 할지라도 학연과 지연, 혈연으로 이뤄진 현재 계급 구조의 사회 속에서 높은 자리를 차지하기란 쉬운 일이 아니지. 김익한이 같은 보수주의 성향이 짙은 인물들이 현재 검찰과 정치권을 장악하고 있다고 해도 과언이 아니야. 그런 세상 속에서 살아가고 있다는 것이 실망스럽나?"

"실망스럽지 않습니다. 오히려 원래 알고 있었던 사실이기에 무덤덤합니다. 전 몽상가도 개혁가도 아닌 일개 학생일 뿐이니까요."

"그래, 나 또한 친형님이 현 검찰의 수뇌부라는 것이 아무렇지도 않네. 어떻게 보면 자네의 말처럼 현재 대한민국은 중세시대 이전의 나라들과 별반 다르지 않아. 강자에겐 약하고 약자에겐 강한, 그야말로 약육강식의 세계나 다름없으니 말이야."

나 교수는 다시 시선을 돌려 동양란을 바라봤다. 유려하게 뻗은 곧은 잎사귀가 광택을 내었고 한겨울의 북풍한설을 이겨내었던 꽃봉오리는 우아하고 기품이 넘치는 꽃을 피워 내었다. 그 외관과 비례하는 진득한 꽃향기가 방 안에 가득 차올랐다.

"동양란의 꽃을 피우기 위해선 인고의 노력과 세월이 필요하다네. 하지만 꽃을 피운다면 여태껏 들였던 노력에 보상이라도 주듯 결실은 이리도 고귀하고 아름다운 자태와 그윽한 향기를 내뿜지. 검찰의 개혁이 이뤄져야 한다면 지금 기성세대들로는 불가능한 이야기야. 밑동부터 다시 새로운 향기가 치고 올라간다면 모를까."

말을 끝마친 나 교수가 난 대를 잡았던 손을 놓고는 대남을 향해 돌아섰다.

"자네, 내 밑에서 제대로 배워보지 않겠나."

나 교수의 나지막한 물음이 꽃향기와 함께 실내를 감돌았다.

To Be Continued

스켈레톤 마스터

WISHBOOKS GAME FANTASY STORY
더페이서 게임 판타지 장편소설

오직 힘으로 지배되는 세상 일루전!

"스켈레톤 소환."

└ 미친…….
┌└ 저거 스켈레톤 맞아요?
└ 뭐가 저렇게 세?

수백이 넘는 소환수를 지휘하는 자,
극악의 난이도를 자랑하는 직업 조폭 네크로맨서!
8년 전으로 회귀한 강무혁의 도전이 시작된다.

「스켈레톤 마스터」

"나는 이곳에서 강자가 되겠다!"

강화학개론

빈형 게임 판타지 장편소설

[+15 초보자용 하급 단검 강화를
성공했습니다!]

사고와 함께 찾아온 특별한 능력.
남들이 메인 시나리오 퀘스트를 쫓을 때
한시민은 강화 명당을 찾는다!
가상현실 게임 '판타스틱 월드'에서의 강화를 위한 모험!

"아, 빌어먹을. 9강부터 이 X랄이네."

그 유쾌하고 통쾌한 이야기가 시작된다!

흙수저 판타지 장편소설

회귀자
사용설명서

어느 날, 이세계로 소환되었다.

짐승들이 쏟아지고, 믿을 수 없는 위기가 닥쳐오나.
가지고있는 재능은 밑바닥.

[플레이어의 재능수치는 최하입니다.]
[거의 모든 수치가 절망적입니다.]

선택받은 용사든, 재능 있는 마법사든,
시간을 역행한 회귀자든.
모든 것을 이용해야 한다.

살아남기 위해.

"쓰레기면 뭐 어떻습니까. 살아남기 위해서
뭔 짓인들 못 하겠어요?"